UM GUARDA-CHUVA PARA O DIA DE HOJE

UM GUARDA-CHUVA PARA O DIA DE HOJE
WILHELM GENAZINO

Tradução, posfácio e glossário
Marcelo Backes

apicuri

1ª edição
Rio de Janeiro
2015

Dedicado a Barbara

1

Dois estudantes estão parados diante de uma coluna de propaganda e cospem em um cartaz. Em seguida, riem do cuspe que começa a escorrer pela coluna. Ando um pouco mais rápido; no passado, eu era bem mais tolerante com esse tipo de coisa. Inclusive lamento mostrar minha repulsa com tanta rapidez de uns tempos para cá. Outra vez, algumas andorinhas voam, cruzando a passagem subterrânea. Elas se precipitam entrando pela estação do metrô, e oito ou nove segundos depois voam para fora do outro lado. Eu mesmo gostaria de atravessar a passagem subterrânea e me deixar ultrapassar pelas andorinhas em seu voo alucinado. Mas não posso cometer esse erro de novo. Há cerca de duas semanas usei essa passagem subterrânea pela última vez. As andorinhas voaram como raios por cima de mim, lamentavelmente tudo durou apenas dois ou três segundos. Em seguida descobri os pombos molhados que logo de cara não havia visto. Eles pousavam, bem juntinhos, em um canto coberto de azulejos. Dois sem-teto deitados no chão tentavam fazer contato com os pombos. E, uma vez que as aves não reagiam a seus sons e a seus gestos, os sem-teto zombaram delas. Pouco depois, vi na ponta do meu sapato direito uma mancha já seca de *ketchup*. Eu não sabia como a mancha havia parado ali, não sabia nem mesmo como era possível que só agora eu a percebesse. Você não vai voltar a passar nunca mais por essa passagem subterrânea, eu disse a mim mesmo sem me levar muito a sério. Do outro lado da passagem vejo Gunhild. Eu sinto um pouco de medo de mulheres com nomes como Gunhild, Gerhild, Mechthild ou

Brunhild. Gunhild segue por sua vida e mal faz observações pessoais. Eu sou cega, ela diz com frequência; e o diz em tom de brincadeira, mas na verdade está falando sério. É preciso dizer a ela o que ela poderia ver, aí então ela se mostra satisfeita. No momento, não tenho necessidade de um encontro com Gunhild. Fujo à possibilidade, recuando para a Herderstrasse. Se Gunhild abrisse seus olhos, talvez soubesse que eu estou fugindo dela, pelo menos de vez em quando.

Já dois minutos depois, eu me arrependo por Gunhild não estar comigo. É que Gunhild tem os mesmo cílios de Dagmar, que eu amei quando tinha dezesseis anos, naquela época na piscina pública, em cima da toalha de passar roupa da minha mãe. Onde outras mulheres costumam ter apenas um cílio, em Dagmar cresciam logo dois ou três, ou até mesmo quatro, sim, posso dizer que os olhos de Dagmar eram debruados com feixes de cílios. E é esse tipo de cílios que Gunhild tem. Quando olho um pouco mais para ela, tenho de repente a sensação de que estou sentado outra vez ao lado de Dagmar na toalha de passar roupa. Acredito que não sejam as vivências que tornam outras pessoas inesquecíveis para nós, mas sim detalhes físicos como esse, que só nos chamam a atenção de verdade quando não vemos mais as pessoas há um bom tempo. Hoje, de qualquer modo, não quero que me lembrem de Dagmar, ainda que já pense nela há alguns minutos e agora inclusive me recorde da cor do seu maiô. Nosso amor infantil acabou de modo traumático na época. Um ano mais tarde, Dagmar apareceu com óculos de mergulhadora na piscina pública. Ela passou a usá-los todas as vezes que entrava comigo na água. Isso significou que eu de repente não podia mais ver os feixes dos seus cílios, que na água e no sol eram especialmente bonitos, porque então brilhavam e cintilavam como pequenos grãos de açúcar. Eu não ousei na época confessar a Dagmar a razão da minha retirada estratégica.

Ainda hoje sinto uma pequena dor ridícula quando murmuro comigo mesmo: Dagmar, foram os óculos de mergulhadora.

Junto à igreja Nikolai, onde se instalou um pequeno circo, uma moça me pergunta se posso cuidar da sua mala por um momento. Sim, digo eu, por que não. Em dez minutos estou de volta, diz a mulher. Ela deixa a mala em pé ao meu lado, faz um gesto amistoso e segue adiante. São muitas as vezes em que me admiro por que estranhos confiam tanto em mim. A mala é pequena, e é de se supor que já tenha muitas viagens às costas. Logo as pessoas já estão olhando para mim e pensando se eu e a mala formamos um mesmo conjunto. Não, não formamos. Antigamente eu achava que as pessoas olhavam umas para as outras porque temiam a chegada de notícias ruins. Depois passei a acreditar que, ao se olharem, as pessoas procuravam palavras para descrever a estranheza da vida. Pois nos olhares das pessoas essa estranheza não para jamais de zumbir de um lado a outro, sem no entanto permitir que seja vista de verdade. Hoje em dia eu mal penso no que quer que seja, apenas olho à minha volta. Conforme se vê, também sou capaz de mentir. Pois não é possível andar por aí nas ruas sem pensar em alguma coisa. No momento, estou pensando em como acharia bonito se as pessoas de repente voltassem a ser pobres. E me refiro a todas as pessoas, e todas elas de uma só vez. Como seria bonito se eu pudesse vê-las sem seus óculos de sol, suas bolsas, seus capacetes de proteção, suas bicicletas de corrida, sem seus cães de raça, suas cadeiras de rodas, seus relógios radiocontrolados. Elas não deveriam ter nada no corpo a não ser o mesmo punhado de retalhos que já tinham há muitos anos, pelo menos por meia hora.

Não consigo entender por que estou um pouco incomodado agora. Desde cedo, pela manhã, me mostro completamente compreensivo com todo o tipo de pobreza. Dois homens fedorentos passam por mim, no mesmo instante os compreendo. São dois sem-teto, eles não têm banheiro e não têm mais sensibilidade, é preciso aceitar sua miséria como sempre se aceitou a miséria. É muito bonito ficar parado por aí e não poder dizer a quem pertence a mala de que se está cuidando. Próximo ao terreno em que está instalado o circo, uma moça conduz um cavalo e logo começa a escová-lo. Ela passa a escova em linhas sólidas e claras sobre as costas do animal. Seu rosto está próximo ao pelo. O animal ergue uma perna e bate o casco sobre o calçamento, o que produz um tilintar agradável. Quase ao mesmo tempo o órgão sexual do cavalo aparece, crescendo. E logo dois ou três espectadores ficam parados a alguma distância. Por um momento, não se sabe ao certo o que os espectadores querem ver do cavalo. Nos resmungos de dois deles acabo reconhecendo que eles não querem ver nada, mas sim esperar por algo. Eles esperam pelo momento em que a mulher descobrirá de repente o órgão sexual do animal. Por que ela não recua um passo e olha, como por acaso, abaixo do corpo do animal? A mulher não imagina que há alguns espectadores esperando pelo momento do imprevisto em que ela verá tudo. Ela mantém seu rosto como se ausente, próximo ao dorso do animal. Agora! Um pequeno passo para o lado bastaria, e o imprevisto aconteceria.

Lá vem a mulher cuja mala eu estou cuidando. Na mão esquerda ela segura uma receita. Agora está claro, ela esteve no médico, mas não quis aparecer por lá com uma mala. Provavelmente não se trate de uma viajante, mas sim de uma espécie de andarilha da cidade, alguém sem casa. Ela agradece e toma a mala para si. Eu gostaria de adverti-la a não dar confiança a qualquer um com tanta facilidade. No mesmo instante sou obrigado a rir dos meus cuidados. A surpresa dos espectadores não será satisfeita. Tão devagar quanto foi aparecendo, o órgão sexual do cavalo também volta para sua envoltura aveludada. Olhando desse jeito em torno de mim, eu acabo em aventuras que nem sequer estou buscando, ainda que elas se pareçam com aventuras das quais muitas vezes sinto falta. Ao redor a excitação secreta dos espectadores vai diminuindo. Um dos homens caminha em direção a uma caixa colorida na qual está escrito em letras maiúsculas: DEPOSITE AQUI O SEU BILHETE PREMIADO! O homem joga um pequeno cupom na fenda da caixa. Ele olha mais uma vez para o cavalo. Sua excitação esfriada com demasiada rapidez lhe arranca uma risada. Por acaso eu vejo que a tratadora do cavalo aproxima o rosto do corpo do animal. Ela parece estar cheirando o pelo. Agora ela ergue ambos os braços e os deita frouxamente sobre as costas do animal. Por cerca de três segundos, ela baixa seu rosto nos flancos do cavalo. O cavalo estaca, imóvel, e olha em torno como sempre. Tenho certeza de que é uma alegria especial cheirar o pelo do cavalo. Nesse momento Gunhild cruza a praça. Ela me reconhece e vem direto para mim. Isso pode significar apenas que Gunhild nesse meio tempo nada viu, nada ouviu e nada pensou. É exatamente assim. Eu mais uma vez ando por aí com a ideia de que algo especial deveria acontecer comigo, ela diz. Mas nada acontece! É claro que eu nem quero que algo aconteça comigo, mas sempre volto a imaginar que acontece. É a minha loucura pessoal! Como assim pessoal?, eu pergunto de volta. Porque minha loucura não é pública e porque eu posso controlá-la, diz Gunhild. Aos poucos ela vai se acalmando. Eu penso se devo ou não chamar sua atenção para os joguinhos da tratadora de cavalos. Gunhild baixa os olhos, de modo que posso ver muito bem os feixes dos seus cílios. Pobre Dagmar! Provavelmente meu interesse por Gunhild fosse bem menor se ela não tivesse *esses* cílios. Amanhã ou depois de amanhã virei aqui mais uma vez para ver se a tratadora escovará o cavalo de novo. Gunhild está parada ao meu lado. Provavelmente ela espera que eu lhe mostre alguma coisa. A tratadora leva o cavalo de volta ao estábulo.

Você não quer ir ao circo comigo?, pergunta Gunhild. Ela ri, zombando da sua própria pergunta.

Por que não?, digo eu.

Você realmente iria ao circo comigo?, exclama Gunhild.

Mas é claro, digo eu, você não iria comigo?

Se fosse, eu seria obrigada a ficar pensando que não me ocorreu nada melhor do que o circo, diz Gunhild.

Diante disso me calo e olho para um bebê adormecido, que está deitado bem próximo de nós em seu carrinho. O bebê mexe os lábios quando ouve ruídos desconhecidos em meio ao sono. Por que ele mexe os lábios e por que não os dedos? Para ser mau com Gunhild, guardo a pergunta comigo. A mãe tira uma chupeta da sua bolsa e a enfia na boca da criança. Nisso, um punhado de cotonetes escorregam para fora da bolsa. Eles caem no chão e se espalham diante dos pés da mãe. Quer dizer, dois cotonetes jazem diante dos sapatos de Gunhild. Oh, suspira Gunhild. A mãe junta todos os cotonetes, exceto os dois que jazem diante dos pés de Gunhild. Gunhild poderia juntar os dois cotonetes e dá-los à mulher. Mas Gunhild não consegue ir a um circo nem juntar cotonetes. Em tais situações, Gunhild consegue apenas dar o fora rapidamente. No fundo, acho Gunhild simpática por causa disso. Mas ela sempre dá o fora antes que eu possa lhe confessar minha simpatia. Também agora ela sussurra um tchau para mim e se livra da situação. Eu a sigo com os olhos até ver uma mulher que deixa um chiclete cair da mochila. A mulher está concentrada na vitrine de uma joalheria, e não percebeu a perda. Devo ir até ela e dizer: a senhora perdeu um chiclete? Talvez fosse suficiente se eu dissesse: algo caiu da sua mochila. Ou simplesmente: a senhora perdeu uma coisa. Para esclarecer (e porque não gosto de pronunciar a palavra chiclete) eu poderia apontar o dedo para o objeto que jaz no chão. De qualquer modo seria (é) desagradável para mim apontar algo com o dedo. É terrível, eu me pareço com Gunhild, não posso chamar a atenção de ninguém para nada. É possível que a mulher nem queira ser comunicada acerca da perda. A mulher está completamente envolvida em roupas pretas de couro sintético, acho que deve ser motociclista. Ela segue adiante, o chiclete fica onde está. Enquanto ela vai embora, o couro faz um leve ruído, mas ainda assim bem audível. O ruído estranhamente me dá a certeza de ter sido bom eu ter ficado de bico calado. De qualquer modo é provável que a maior parte das pessoas hoje em dia parta do pressuposto de que de quando em quando se perde um chiclete, só eu mais uma vez não o percebi a tempo. A motociclista se interessa apenas por vitrines. Agora ela está diante de uma padaria e contempla *croissants*, bolos, folhados. Ela entra e compra um *pretzel*. Posso enxergar que ainda dentro da padaria ela começa a comer o *pretzel*. Mastigando, ela pisa na rua outra vez e para diante da vitrine de um cabeleireiro. Ela não olha para prédios, entradas de prédios, campainhas, portas, caixas de correio ou janelas. Comigo acontece com os prédios muitas vezes o mesmo que com as pessoas. Olha-se para pessoas durante anos, a muitas delas inclusive durante décadas, e ao mesmo tempo também se é olhado por elas. Mas certo dia determinados prédios desapareceram de repente ou foram modificados de tal modo que não reconheço mais muitos deles, e de raiva também não mais os olho. Não sei se hoje é ou não é um desses dias. Se for, eu teria mais uma vez a sensação de que a pessoas como eu deveria ser comunicado que os prédios desaparecerão ou serão modificados, como os prédios antigos. Essa sensação se une então a um sentimento que tenho muitas vezes: o de estar no mundo sem minha autorização interna. Para ser mais exato, eu continuo esperando que alguém me pergunte se eu gostaria de estar aqui. Imagino que seria bonito se eu, digamos, hoje à tarde, pudesse conceder essa autorização. Nisso não tem a menor importância o fato de eu nem sequer saber *quem* no fundo seria aquele que iria me solicitar essa autorização.

Além da motociclista vejo no momento um enfermeiro usando um casaco de plástico branco e vermelho e ainda um guarda, que veste um uniforme de fantasia bem cuidado e se encontra ao lado da entrada de um banco. Ele olha para os transeuntes como se eles representassem algum perigo. Aparentemente não o incomoda que ninguém se preocupe com ele. O enfermeiro e o guarda parecem pessoas que aos poucos foram ficando baratas demais. Se alguém viesse e quisesse por exemplo comprar o enfermeiro, teria de, é o que eu acredito, pagar no máximo cinco marcos por ele. Também a motociclista é bem barata, eu aliás igualmente, por causa da autorização que ainda não foi concedida. Um garoto de cerca de doze anos senta-se à borda da fonte da praça central. Traz consigo um barquinho à vela, que logo coloca na água com todo o cuidado. O chafariz hoje foi ligado no modo mais fraco e a superfície da fonte mal se mexe. Não demora muito e uma brisa empurra as velas do barco devagar sobre as águas da fonte. Eu me sento mais ou menos no lugar em que o barco à vela supostamente chegará, do outro lado da fonte. Se o barco passar pelo chafariz sem problemas e o vento não ceder, serão necessários apenas alguns poucos minutos para a travessia. O garoto dá a volta na fonte em passo vagaroso e não perde seu barco de vista. As moças que também estão sentadas à borda e conversam não dão atenção a ele. Também para as mulheres o garoto não parece interessante. Eu olho para o barco como alguém que espera muito da sua chegada. Palavras isoladas ditas pelas mulheres são trazidas até mim pelo vento. À noite..., diz a mulher à esquerda, à noite... muitas vezes me pergunto... quando não consigo dormir... Em seguida não entendo mais nada. É o momento em que o pequeno barco chega ao lado da fonte em que estou. O garoto se aproxima feliz, e tira seu barco da água, levando-o embora debaixo do braço como um animal vivo que ele jamais voltará a entregar de novo.

Vinda da Grenadierstrasse, aparece Susanne Bleuler. Espero que ela não me veja. Conheço Susanne desde a infância, e ainda hoje mal se passa uma semana sem que nós nos encontremos. Já há tempo não sei o que devo lhe dizer. A história que um dia existiu entre nós se acabou em centenas de indecisões. Susanne Bleuler agora trabalha como recepcionista em um grande escritório de advocacia. Ela está insatisfeita com esse trabalho, mas não encontra nada melhor. Na verdade, Susanne acha que é atriz e gostaria de continuar sendo chamada de Marguerita Mendoza. Quando era jovem, ela de fato chegou a frequentar uma escola de atrizes, e depois disso recebeu dois ou três papéis em pequenos teatros. Isso já faz cerca de vinte e cinco anos. Eu mesmo jamais vi Susanne em um palco. Por isso não posso dizer se ela é ou foi uma atriz boa, ruim, mediana ou infeliz. Não posso chamá-la de Marguerita Mendoza, porque esse nome a faz se lembrar da sua carreira fracassada. Mas também não posso dizer Susanne Bleuler a ela, porque seu nome correto a faz se lembrar dos desejos ingênuos da sua juventude. Quer dizer, é bem complicado. Temo que em seu interior ela considere seu fracasso injusto. Ela fala com o mais alto desprezo dos "círculos teatrais", fala como se existissem muitas pessoas que se lembrassem dela como atriz e quisessem vê-la nos palcos de novo. Agora ela segue adiante, provavelmente esteja indo direto para o escritório de advocacia. Ela mal levanta os olhos, provavelmente está dizendo um texto de que ela esqueceu que não precisará mais. Bem alto, no céu, descubro um planador. Tranquilo, branco e vagaroso ele paira, traçando grandes círculos no azul do firmamento. Em mim Susanne Bleuler tem alguém capaz de garantir a autenticidade dos seus desejos, porque aos doze anos de idade quando andávamos de trenó (eu no assento atrás dela), Susanne já me confessou que queria se tornar atriz e mais nada. Nessa viagem de trenó me aconteceu pela primeira vez ter tocado o peito de uma menina. Na época, por um bom tempo não percebi que se tratava de seios. Eu sempre ficava sentado às costas de Susanne e a abraçava por trás. Também Susanne não percebia que as minhas duas mãos ficavam pousadas sobre seu peito em todas as descidas. Apenas quando Susanne chegou aos treze, afastou de repente as minhas mãos e riu enquanto isso. Eu também ri, e apenas por causa desse riso conjunto é que nos ocorreu que existiam seios e mãos e um novo estremecimento entre nós, que acabou por nos afastar, pelo menos por algum tempo.

Susanne até hoje quer conversar comigo sobre esses detalhes. Ela chama a esses detalhes nossa infância sem igual. Por exemplo, ela acha interessante que eu sempre tenha sentado atrás dela no trenó. Se eu tivesse sentado na frente, nem sequer poderia tocar seus seios. Só o lugar atrás dela é que me dava a oportunidade de fazê-lo. Quer dizer, já na época eu teria motivos para continuar mantendo essa ordem na hora de sentar, fossem quais fossem as circunstâncias. Posso dizer cem vezes que através da sua parca, do seu pulôver, sua blusa e sua roupa de baixo, eu não poderia ter sentido que seus seios se encontravam ali, e Susanne realmente não acredita em mim. Sem contar que não gosto mais de falar da minha infância. Minha perambulação pela cidade acontece muitas vezes apenas porque enquanto ando se torna mais fácil não me lembrar de nada. Eu também não gostaria de ter de explicar por que não gosto mais de me lembrar da infância, e muito menos de pedir a outras pessoas que, por favor, parem de falar da minha infância. Eu não gostaria que minha infância se transformasse cada vez mais em uma história sobre a minha infância, eu gostaria de conservá-la como algo que se preserva atrás dos meus olhos, apenas na minha cabeça, de forma temperamental, confusa e mordaz. Susanne, ao contrário, acredita que falando sobre a infância única, surge uma outra, uma segunda, uma nova infância, coisa que a meus olhos é um grande absurdo. Nós brigamos, na época, primeiro em um restaurante, depois na rua, e então eu pensei pela primeira vez se não deveria afixar uma pequena placa em minha lapela. Nela poderia estar: POR FAVOR, NÃO QUERO FALAR SOBRE A SUA NEM SOBRE A MINHA INFÂNCIA. Ou então algo mais direto: EVITE, POR FAVOR, O TEMA INFÂNCIA. É claro que eu me exporia a vários perigos e mal-entendidos, se andasse por aí com uma placa dessas. Susanne não entenderia a placa e exclamaria: agora você pirou de vez. Ela já disse isso algumas vezes, até com certa frequência, na verdade ela vive dizendo isso, quando não entende algo imediatamente ou então não gostaria de aceitar sua realidade. Eu levanto os olhos para o céu azul e descubro um segundo planador. *Um* planador no céu é uma coisa maravilhosa, *dois* planadores já podem ser considerados a satisfação pública de uma necessidade. Olha eu criticando a sociedade de novo! Sempre quero me manter discreto, mas acabo perdendo o controle e tendo uma recaída. Susanne ao que tudo indica não se encontra mais nas proximidades. Do contrário já teria se sentado há um bom tempo a meu lado, à borda da fonte, para falar da sua ou da minha infância, ou também sobre a peça de teatro "Entre quatro paredes" de Sartre, na qual ela um dia fez o papel de Estelle, para dizer a verdade já há vinte e sete anos.

Um cansaço agradável começa a tomar conta do meu corpo ou atravessá-lo de todo, eu não sei ao certo. Se me fosse possível, eu me deitaria aqui mesmo e dormiria meia hora, bem ao lado das cintilações da água. Mas eu preciso, para dormir, de um ambiente fechado em torno de mim. Levanto-me e atravesso a pequena praça na diagonal. É meio-dia, as lojas agora parecem quase agradáveis porque estão meio vazias, silenciosas, não dizem nada. Se me lembro bem, meias para homens são vendidas no segundo andar. Eu atravesso o térreo e procuro a escada rolante. À minha esquerda, sobre longas prateleiras, há sabonetes de fazer a barba, loção para o cabelo, espuma em tubos para fazer a barba, perfumes masculinos, cotonetes, cremes para a pele, artigos para bebês. Faço um pequeno desvio e dobro no corredor dos produtos de limpeza, *sprays* para insetos e panos de chão. Não sei por que cerca de dez segundos depois faço um pacote de lâminas de barbear desaparecer no bolso do meu casaco. É de se supor que seja mais uma vez o desgosto com o fato de viver sem uma autorização interna. Justamente aqui, nessa loja, eu gostaria de ser perguntado se quero ou não estar no mundo. Preciso apenas de um par de meias, mas passarei por centenas deles e avaliarei pelo menos uma dúzia pessoalmente, com as mãos, antes de encontrar um par adequado de meias masculinas. Mas ninguém se aproxima de mim, ninguém me conduz sorrateiramente para o lado, ninguém me pergunta se eu algum dia concedi minha autorização para andar por onde estou andando. Em vez disso, vejo uma deficiente física em uma cadeira de rodas circular pelos corredores. No momento ela passa andando por gigantescos pacotes de papel higiênico e pacotes igualmente gigantescos de fraldas de papel. Hábil, ela segura com suas mãos pequenas os raios de ambas as rodas da cadeira. O fato de vê-la assim acaba me fazendo querer pagar pelas lâminas de barbear que tinha posto no bolso do meu casaco. Não consigo compreender o nexo entre ambas as coisas. Parece que o surgimento de uma pessoa que está em situação pior do que a minha desperta em mim o comportamento de um ser humano bom. A frase soa plausível, na verdade não esclarece nada e me abandona desnorteado. Sigo com os olhos a deficiente física que se afasta com mais velocidade e possivelmente eu não concedesse nem mesmo nesse instante (caso alguém me perguntasse) a autorização para o estar-no-mundo. Percebo que já me encontro diante do caixa mais próximo. Tirei discretamente as lâminas de barbear do meu bolso. Agora desse jeito fica parecendo que eu desde o princípio queria levá-las ao caixa e que uma revolta, por mais oculta que fosse, contra a

vida não autorizada me parecesse completamente estranha. E, enquanto
fico parado na longa fila de espera do caixa e avanço apenas vagarosa-
mente, vejo por sobre as quinas superiores de várias prateleiras de mer-
cadorias o rosto bastante confuso do meu ex-amigo Himmelsbach. Já
faz pelo menos meio ano que não o vejo, e pelo menos o mesmo tempo
que não converso com ele. Existe um mal-entendido entre nós, que
dura mais ou menos dez anos. Já na época Himmelsbach não estava
bem, e me perguntou se eu poderia lhe emprestar quinhentos marcos.
Eu lhe dei o dinheiro, até hoje não o recebi de volta. Assim uma velha
amizade acabou, quer dizer, ela foi se desintegrando mais e mais em
desagradáveis situações, uma das quais volta a se desenrolar neste exato
momento. Na juventude, Himmelsbach trabalhava como fotógrafo em
Paris. Quer dizer, ele queria trabalhar como fotógrafo em Paris, inclusive
chegou a alugar um pequeno apartamento no 8º Arrondissement, que
me emprestou certa vez por catorze dias, enquanto ele viajava pelo sul
da França. O apartamento tinha uma pequena cozinha, um banheirinho,
um quarto maior e outro menor. O quarto maior eu não podia usar, era
seu ambiente privado e durante sua ausência permanecia trancado. Já
no primeiro dia, quando eu estava sozinho no apartamento, constatei
que chovia no pequeno quarto que ele havia destinado a mim. Na janela,
além disso, faltava boa parte da vidraça, de modo que o vento entrava e
o quarto ficava gelado praticamente o tempo inteiro. Eu fiquei por isso
boa parte dos catorze dias fora de casa, e usei o apartamento apenas para
pernoitar. Quando Himmelsbach voltou, ele abriu o quarto maior, que
ele chamava de ambiente privado e que permanecera completamente
seco e além disso dispunha de um aparelho de calefação.
      Compreendi que não era tarefa minha falar que no quarto menor
chovia e que a janela não era vedada e o espaço na verdade nem sequer
era habitável. No dia seguinte fui embora, mas pouco antes de partir

ainda emprestei quinhentos marcos a Himmelsbach. Pois sua vida como fotógrafo em Paris não deu certo. Embora fotografasse todos os dias, ele tinha grandes dificuldades para vender suas fotografias a jornais e revistas. Há fotógrafos demais em Paris, ele praguejava e olhava para mim, e eu disse, sabe lá Deus, existem de fato fotógrafos demais em Paris. Minha resposta foi bem mais maldosa do que eu pretendia. Pois estava embutida nela a possibilidade de o próprio Himmelsbach estar entre os fotógrafos em excesso. Pouco depois Himmelsbach disse que só me convidou para seu apartamento porque tinha medo que ele fosse roubado durante sua ausência. Suponho que entrementes ele tenha deixado a fotografia de lado. Pelo menos não carrega mais sua câmera consigo. Mais uma vez espero, como no caso de Susanne, não ser descoberto. Continuo incomodado com a cadeirante, que já desapareceu há tempo, pois se não a tivesse visto eu também não estaria mais por aqui. Himmelsbach está tão ocupado consigo mesmo que não percebe o que acontece em torno dele. Seus sapatos estão endurecidos e cinzentos, provavelmente ele não os limpe nem engraxe mais. Ele caminha pela seção de perfumaria e usa vários dos vidros de teste para borrifar perfume pelo seu corpo, primeiro na parte interna das mãos e nos pulsos, depois nos braços. A cada vez ouço um pffft!, quando os *sprays* borrifam seu perfume. Oh Deus, eu penso, então Himmelsbach virou um tipo desses. Ele se perfuma de graça em lojas e ainda por cima talvez esteja pensando que é esperto e refinado. Vejo que ele se transformou em um fantasma envelhecido, um homem de pfffts, que jamais pagará suas dívidas. Mesmo assim consigo tirar a agressividade dos meus olhos, pelo menos por alguns segundos. Se Himmelsbach olhar para mim agora, quero que ele pense que sou um homem brando. Nesse caso talvez possamos, apesar do quarto molhado pela chuva e apesar das dívidas, falar um com o outro e triunfar sobre as desagradáveis manobras do destino. Mas esses instantes não chegam.

Himmelsbach não consegue parar de pegar novos frascos na mão e perfumar agora inclusive sua camisa. Ele não percebe que as vendedoras já estão rindo dele. Eu deveria intervir, isto é, protegê-lo, mas não consigo. Pois também estou zombando dele interiormente, percebo como estou alegre, tanto que o perco de vista, enquanto murmuro comigo mesmo: pffft, pffft, pffft.

2

Depois dessa série de vivências, acabo desistindo de comprar o par de meias. O pagamento não planejado das lâminas de barbear já era o que me bastava em termos de emoção. As meias não têm urgência, não preciso delas para hoje nem para amanhã, e nem mesmo imediatamente para depois de amanhã. Ademais terei um motivo para sair de casa de novo e ir para o centro da cidade. Pois além da minha estratégia de não me lembrar da infância ao caminhar, há um segundo e bem mais forte motivo para evitar minha casa tantas vezes quanto me é possível, de preferência durante horas. Sobre esse motivo eu na verdade nada posso dizer, nem mesmo pensar ou até refletir no momento. Certamente tem a ver com essas coisas inexprimíveis o fato de agora, assim que deixo a loja, me ocorrer outra vez uma antiga fantasia de morte que eu já acreditava esquecida. Há cerca de quinze anos, eu imaginei um dia que à esquerda e à direita do meu leito de morte deveria se sentar uma mulher seminua. Suas cadeiras deveriam ficar tão próximas do meu leito de morte que me seria fácil tocar com as mãos os seios desnudos dessas mulheres. Na época acreditei que com esse apaziguamento físico a exigência da morte me pareceria mais amena. Quase todos os dias eu pensava a quais das minhas conhecidas eu, precavido, deveria perguntar se quando chegasse a hora elas estariam dispostas a me prestar esse favor mortuário. Me lembro de que então considerei melhor perguntar primeiro a Margot e a Elisabeth. As duas mulheres já haviam conseguido, como devo dizer, mesmo nos tempos em que nos amávamos, me apaziguar de modo completamente impassível, e apenas permitindo que eu as olhasse e ocasionalmente as tocasse.

Estou em pé em uma estação do bonde e espero pela Linha 11, com a qual (é de se supor) acabarei não indo para casa. À minha volta também esperam mulheres e moças e alguns homens. As mulheres vestem blusas leves, que farfalham ao vento, ou melhor, abanam. Percebo que as mulheres hoje em dia não usam mais o decote na frente, abaixo do pescoço, como no passado, mas sim ao lado, debaixo das axilas. Seios vistos de lado me parecem bem mais maternais do que observados de modo direto, de frente. Suponho que vendo os seios de lado eu tenha mais facilidade em lidar com o fato de que os seios se afastam cada vez mais da minha vida e algum dia desaparecerão para sempre. Tento imaginar porque abandonei de novo a ideia do acompanhamento de seios mortuários, não, do acompanhamento mortuário de seios, não, da morte tocando seios. Quanto mais tempo a recordação ocupa minha cabeça, tanto mais eu volto a simpatizar com ela. Não sei bem se na época cheguei a perguntar a Susanne ou não. Contrariamente ao que esperava, reúno no entanto motivos que expliquem por que talvez seja mais sensato para mim desistir do bonde. Estou tão emaranhado nas questões passadas e vindouras da minha vida que me parece completamente estúpido me entregar a essas questões em um bonde apertado. Dentro de um bonde eu não consigo fazer outra coisa a não ser andar de bonde. Não, inclusive preciso cuidar para não esbarrar em um aposentado ou desabar sobre uma mulher sentada. Aí vem a Linha 11, as portas do bonde se abrem, as mulheres pegam suas sacolas de compras. Eu contemplo como todas aquelas pessoas, que não possuem absolutamente nenhum talento para conquistas, se precipitam para dentro do bonde e querem mesmo assim conquistar um lugar para se sentar. Fico parado do lado de fora, o bonde volta a andar, eu me decido a percorrer a pé aquelas quatro ou cinco estações. À minha direita fica a grande revendedora de automóveis Schmoller & Cia. Todas as sextas-feiras, à hora do meio-dia, as grandes salas de exposição e de vendas da loja são lavadas. Um rapaz e uma moça, presumo que um casal, puxam grandes aspiradores de pó em forma de baldes atrás de si. O barulho dos dois aspiradores de pó chega até a rua. Eu paro diante de uma vitrine e faço de conta que me interesso por carros novos. Na realidade contemplo a criança que os dois faxineiros sempre trazem consigo. É uma menina de cerca de sete anos de idade, que fica parada em meio aos carros e com os olhos procura a mãe, que se encontra bem próxima, porém inalcançável. Uma mãe aspirando pó é tão ausente quanto a morte. A mãe não para de empurrar para baixo dos carros a mangueira de aspirar com a escova presa à ponta e evita se encontrar com a criança enquanto está trabalhando. É provável que a mãe ame o aspirador de pó, porque o aparelho a ajuda de modo bem eficaz a permanecer inalcançável. A mãe é o aspirador de pó e o aspirador de pó é a mãe. Ela também não cruza com seu marido, mas o marido há muito já se acostumou que os dois tenham se transformado em aspiradores de pó. Ahá! Eu sou realmente um grande crítico de aspiradores de pó! A menina acaba de descobrir que ali fora um homem parou e está olhando para dentro. Ela se aproxima da vidraça e olha para mim. Eu agora deveria ter coragem de perguntar ao casal de faxineiros se posso passear uma meia hora com a criança. É provável que eles me deem a criança de presente, de tão entusiasmados que haverão de ficar. Lamentavelmente sou obrigado a rir dessa ideia, e a menina acaba entendendo mal o meu gesto. Ela ri também e encosta a testa na vidraça. Exatamente AGORA eu deveria entrar na revendedora de automóveis e levar a criança comigo. Em vez disso, nesse mesmo instante a pulseira do relógio me coça o pulso. Há vinte e cinco anos estou habituado a usar relógio. Quer dizer, na verdade não estou habituado. Abro a pulseira e faço o relógio desaparecer no bolso esquerdo do meu casaco. A menina reconhece imediatamente que o desaparecimento do relógio foi o sinal de que nada vai acontecer. Ela se afasta da vidraça e volta a procurar a mãe, que está aspirando o pó entre duas gigantescas caminhonetes. Mas então a mangueira de borracha serpenteia por detrás de um radiador. Agradecida, a menina reconhece o tremor da mangueira e volta a se sentir em casa.

Sou acudido ao ver uma pequena loja de animais, que fica a apenas um ponto de bonde de distância. Quer dizer, o que vejo primeiro é o dono da loja de animais, um homem entre trinta e trinta e cinco anos, que como de costume está sentado na escadaria da sua loja e lê uma revistinha em quadrinhos. E no entanto ele deveria estar limpando com urgência as gaiolas dos pássaros e os terrários. E também a vitrine deveria ser limpa, de preferência ainda hoje. Mas se fosse assim as pessoas não poderiam reconhecer ao certo como a loja de animais está decadente. Fico parado diante da vitrine suja e tento olhar para dentro da loja. Quero dar um tom de provocação ao gesto, mas ele acaba sendo apenas ridículo. Pela porta aberta ouço outra vez o ruído baixo do voo dos pássaros, o decolar compacto e denso de minúsculos corpos cobertos de penas. De repente tenho a sensação de que serei punido pelo fato de retardar tanto assim a ida para casa. Vou o mais rápido que posso e com toda a objetividade em busca do meu apartamento. Hoje é sexta-feira, e sexta-feira uma mulher de mais idade pendura as camisas recém-lavadas do uniforme do seu marido na sacada da sua casa. A sacada posso ver da cozinha. São sempre quatro ou cinco camisas azul-escuras, pingando de molhadas, que a mulher leva em uma bacia de plástico para a sacada e pendura com todo o cuidado. Já depois de bem pouco tempo a própria mulher mal pode ser vista. Só por acaso eu ainda poderei vislumbrar os braços brancos da mulher entre as costas azuis das camisas. Mais ou menos como os faxineiros e o dono da loja de animais, também a mulher daquele operário não olha uma única vez à sua volta. Já agora, embora eu ainda não tenha a imagem das camisas molhadas diante de mim, sua visão me acalma. Atravesso a rua, e então Doris me encontra. Imediatamente me convenço de que ela é a punição pelo fato de eu ficar zanzando por aí. Doris faz de conta que não me vê há muito tempo, e, como sempre, cuida para não se movimentar com demasiada rapidez. Quando criança, ela viajou aos Estados Unidos por causa de uma cirurgia cardíaca rara e complicada, e lá foi operada. Dessa cirurgia restou uma longa cicatriz, que ela uma vez no passado mostrou para mim. Ainda hoje Doris não pode se excitar demais, porque isso deixa seu coração perigosamente tenso.

Você ficou olhando de novo para a loja de animais, não é verdade?

Você estava me observando?, eu pergunto de volta.

Sim.

Por que pergunta, então?

Ah, só por perguntar, ela diz.

E você pensou de novo se não deveria enfim comprar dois hamsters.

Doris dá uma risadinha.

Eu?, é o que me limito a perguntar.

Acho tão bonito conhecer um homem que talvez compre dois hamsters! Contei isso a uma colega dias atrás! E imagine que ela inclusive quer conhecer você, apenas por causa dos dois hamsters brancos!

De onde você tirou isso? Que quero comprar dois hamsters brancos!

Você mesmo já me contou isso.

Nunca na vida, digo eu.

Mas é claro que sim, diz Doris, eu me lembro muito bem.

Mas o que eu faria com dois hamsters?

E eu vou lá saber, diz Doris. Mas que você me disse, ah isso eu juro.

Você deve estar confundindo alguma coisa.

É o que você pensa. Talvez você até já tenha dois hamsters brancos, mas apenas não quer admitir ou sei lá o quê.

Você deve estar confundindo alguma coisa.

Não acredito que seja isso, diz Doris.

Contei a você certa vez que *quando eu era criança* eu gostaria de ter tido dois hamsters.

Exatamente.

O que quer dizer exatamente?

Foi exatamente isso que você me contou, que quando você era criança gostaria de ter tido dois hamsters.

Exatamente, digo eu.

Está vendo.

Mas há uma diferença nisso.

Uma diferença? Que diferença?

É diferente se alguém diz que gostaria de ter tido dois hamsters quando criança ou se alguém diz que ele ainda agora, já adulto, gostaria de ter dois hamsters.

Ah, murmura Doris.

O que quer dizer esse ah, agora?

Eu não acredito nesse tipo de diferença.

Não é preciso acreditar em diferenças, eu digo, diferenças existem, podem ser percebidas. Você compreende?

Não.

Não importa no que você acredita, o que importa nesse caso é apenas o que eu disse a você, e eu disse a você pura e simplesmente que quando era criança eu teria gostado de ter dois hamsters, você compreende a diferença, quando eu era criança.

Sim, sim, diz Doris, está certo, entendi, mas não acredito nisso. Eu acho que as pessoas não esquecem jamais o que desejaram quando eram crianças.

Você já está confundindo as coisas de novo, e mais uma vez não percebe o que está acontecendo. Eu não disse que eu esqueci o que desejei quando era criança.

Sim, diz Doris, deixe eu terminar de falar, eu queria dizer que mesmo quando somos adultos não podemos parar de tentar realizar os nossos desejos de criança... Ah, não, não era bem isso, agora eu me atrapalhei um pouco, mas não importa, você sabe o que eu estou querendo lhe dizer.

Sim, eu sei o que você está querendo me dizer, mas também sei que você está meio perdida.

Eu sei que você pensa assim porque sente vergonha.

Eu? Eu sinto vergonha? De quê?

Você não quer admitir que gostaria de ter dois hamsters brancos exatamente como no passado.

Mas Doris! Se eu quisesse ter dois hamsters brancos eu os compraria imediatamente, pode acreditar nisso!

Mas por que então você fica parado tantas vezes na frente da vitrine da loja de animais? Pode me explicar isso?

Você jamais compreenderia, não compreende coisas bem mais simples do que essa! Como quer compreender uma questão complicada como a de alguém querer ficar parado sem a menor intenção e sem qualquer desejo diante das vitrines de lojas de animais, e sempre que tem oportunidade de fazê-lo! Para isso pode haver centenas de motivos diferentes, eu digo, mas uma complexidade dessas o seu cérebro de hamster não foi capaz de prever!

Gostaria de retirar imediatamente a última frase. Por outro lado, não consegui abrir mão de dizê-la. Como me arrependo de ter confessado a Doris alguns dos meus desejos de criança no passado, como lamento ter contado alguns detalhes da minha infância a certas pessoas. Ou muito me engano, ou Doris agora está paralisada. De uma baixeza dessas ela não julgava que eu fosse capaz. Por outro lado, eu não teria nada contra se não precisasse nunca mais conversar com Doris. Posso aguentar muito bem se no futuro ela passar por mim de nariz empinado. Mas eu me enganei. Ela bufa e diz: Meu Deus, que tipo esquisito você se tornou! Ela me pega pelo braço e ri. Depois ainda diz: O pensador e os hamsters brancos! E ri outra vez. *Eu* sou quem fica paralisado, *eu* sou quem agora não tem ideia do que poderia dizer. Ao mesmo tempo, espero que o coração de Doris não seja afetado demais pelas risadas. Eu não gostaria de ser o culpado por seu coração de repente bombear sangue demais ou de menos e Doris talvez cair estatelada ao meu lado. Eu deveria me afastar de Doris e desaparecer sem dar adeus, mas fico parado, porque sou o único que saberia o que está se passando com Doris se ela agora sofresse de um mal súbito e caísse ao chão entre os meus braços. Mas Doris não desmaia. Ela olha para mim, divertida, como uma mãe experiente que se alegra com as contorções e movimentos involuntários do seu filho. Ali vem meu bonde!, ela grita de repente e sai correndo, tchau!, ela grita, tchau!, eu grito também e fico parado, porque penso que é um gesto de cortesia ficar parado nessa situação e acompanhar com os olhos como o bonde se aproxima devagar e estaciona e Doris embarca.

A verdade é que a gente não se livra mais das pessoas às quais um dia contou algo da sua infância. Enquanto isso, penso que a inscrição na plaqueta que eu em breve talvez fixe à minha lapela poderia ser um pouco mais direta e aguda. Talvez assim: É INDESEJÁVEL CONVERSAR SOBRE A INFÂNCIA EM MINHA PRESENÇA. Ou então assim:

ATENÇÃO! SE VOCÊ FALAR SOBRE A SUA OU ATÉ MESMO SOBRE A MINHA INFÂNCIA, ENTÃO... Não, seria rude demais. O melhor é voltar à minha antiga fórmula. Mas não consigo mais me lembrar da minha antiga fórmula. Meu Deus, eu não sei mais com que frase quis me defender das interpretações erradas sobre a minha infância. Doris está sentada no bonde e acena para mim. Não consigo fazer outra coisa, aceno de volta. O erro está apenas em mim. Nos anos passados falei demais da minha infância e sem escolher a quem. Eu deveria parar de uma vez por todas com isso, mas provavelmente não conseguirei. Gostaria de saber por que Doris fica me acenando tanto assim. É como se visse em mim um homem especialmente amável. A baixeza da minha última frase ou nem sequer chegou a ela ou então se evaporou logo em seguida.

3

Em casa eu vou primeiro para o quarto e me sento à borda da cama, junto à janela. Dali consigo olhar com facilidade para a sacada da mulher do operário. Só por pouco ainda cheguei a tempo. Três camisas molhadas já estão penduradas. Então dois braços brancos e fortes de mulher se enfiam entre duas camisas e desdobram mais um bolo de tecido molhado. É a quarta camisa azul-escura que a mulher mais uma vez pendura na corda usando dois prendedores de plástico. Acho que admiro a dubiedade desse trabalho; em alguns momentos ele parece completamente estúpido, em outros abençoado do princípio ao fim. A mulher se entrega às camisas de um modo semelhante àquele com que a tratadora se entregou ao pelo do cavalo de circo. Então lamentavelmente cometo um erro. Tiro minha calça, os sapatos e as meias. Sempre que vejo meus pés nus, eles parecem cerca de quinze anos mais velhos do que eu. Contemplo as veias salientes, os tornozelos inchados e as unhas cada vez mais duras, que assumem dia a dia aquela cor amarela de enxofre, característica das unhas de pessoas que já não são mais muito jovens. Pessoas que já não são mais muito jovens! Esse lugar-comum apenas me passa pela cabeça porque preciso abafar um pouco o susto com minhas unhas. Levanto os olhos para a mulher do operário, mas ela já voltou a desaparecer. O susto me abalou tão profundamente, que caminho perdido pelo quarto e abro a porta do armário. Gosto de caminhar descalço pelo piso de carpete, mas não posso olhar para as minhas unhas. Abrir a porta do armário foi mais um erro. Ainda há dois meses eu nem de longe teria sido capaz de cometer erros assim. Aqui, nesse armário agora quase vazio, há cerca de oito semanas estavam penduradas as roupas de Lisa. Eu me lembro de como no passado ficava deitado na cama e contemplava Lisa enquanto ela tirava um vestido ou uma blusa do armário e os provava, me perguntando depois de algum tempo se eu ainda gostava dela. Normalmente eu ria dessa pergunta, porque para mim não poderia existir uma pergunta mais desnecessária. Há cerca de dois meses ficar deitado na cama se tornou problemático para mim. Lisa não mora mais aqui, ela me deixou. Enquanto ela ainda vivia aqui, chegar em casa era para mim a bem-aventurança que foi prometida aos homens na Terra. E eu havia esperado metade de uma vida por essa bem-aventurança, desde que ouvira falar dela pela primeira vez, na missa para as crianças. Agora essa bem-aventurança desapareceu. Por descuido, acabo olhando para os meus pés nus mais uma vez e sinto a propaganda do abandono que emana da sua visão. No passado eu conseguia parar de colocar minha vida sob suspeita assim que botava o pé em casa. Isso parece ter acabado definitivamente. Ao mesmo tempo, continuo achando possível que Lisa tenha me abandonado apenas provisoriamente para me obrigar a enfim me preocupar com uma "sustentação mais sólida". Com isso, ela se referia a meu precário enraizamento financeiro no mundo, que aliás eu mesmo lamento, de qualquer modo ainda com frequência, embora cada vez mais raramente. Na maior parte das vezes me falta a força para encarar esse problema intrincado. Quer dizer, não compreendo mais sua complicada realização durante os anos e por isso muitas vezes também não consigo reconhecer o resultado, ainda que eu mesmo seja esse resultado. No momento estou pensando na criança andando pelas salas de exposição da revendedora de automóveis Schmoller. Essa falta de vontade diante dos meus problemas é uma coisa típica em mim. Também sei que não estou pensando de verdade na criança da revendedora de automóveis. A criança é apenas uma recordação mascarada de mim mesmo. Certamente me lembro de como em criança eu tentei beijar a boca, coberta por um véu, da minha mãe. Minha mãe na época usava um chapéu azul-escuro de aba estreita. Na aba havia uma rede enrolada, que ela gostava de puxar para cobrir o rosto. Por trás do véu, rente ao rosto, seus lábios e faces pareciam um pouco amassados, e também a ponta do nariz. Essas pequenas deformações provavelmente fossem o motivo de eu de repente perder a vontade de beijar minha mãe. Mas eu a beijava mesmo assim, e sentia com nitidez em vez da pele da minha mãe suas saliências através da rede. O aspecto empacotado dos lábios se transferia por um momento aos meus próprios lábios, coisa que no princípio me agradava. Eu beijava minha mãe para produzir em mim mesmo a sensação da trama da rede na pele. Não, não era bem assim. Na verdade era o contrário. Eu me afastava cada vez mais da minha mãe, porque em vez da sua boca ela mais e mais me oferecia sua pele enredada. Suspeito que ela quisesse rechaçar os afetos familiares. Pois eu já observara que também meu pai e meu irmão não conseguiam mais do que beijos de rede. Não, isso também não é bem assim. A verdade é que não sei mais ao certo o que foi que realmente aconteceu. A falta de clareza acerca desse ponto me basta para praguejar um pouco contra mim mesmo. Não deve demorar muito mais, penso eu, e você será encaminhado a uma instituição especializada em mentirosos. Pois a verdade por trás da verdade é que eu naturalmente penso saber cem por cento o que de fato aconteceu e o que não aconteceu. Tenho lá meu interesse em diferentes versões da verdade, porque acho bom parecer um pouco confuso diante de mim mesmo. A verdade por trás dessa verdade, no entanto, é que não tolero admitir minha própria confusão, e então acabo por assumi-la como verdadeira e real. A invenção da expressão "instituição especializada em mentirosos" me diverte, ainda que talvez devesse me deixar alarmado.

No choque repentino da minha perda de memória com minha confusão, e talvez minha loucura, vejo no dia de hoje o primeiro sinal de que talvez uma doença esteja se desenvolvendo em meu interior. Provavelmente apenas por isso eu procuro buscar o vínculo imediato com uma pequena atividade prática. Vou até o banheiro e escovo meus dentes pela segunda vez hoje. Enquanto escovo os dentes, contemplo os dois frascos de perfume cobertos de pó que Lisa deixou para trás. Os dois frascos já estão há anos sobre a bancada de vidro debaixo do armarinho espelhado. Lisa quase nunca usava perfume. Ela jamais se apoiou em qualquer estratégia artificial para me atrair. Nossa última tentativa de dormir juntos acabou nos escapando de um modo bem esquisito. Estávamos deitados por algum tempo um ao lado do outro, eu com o rosto entre os seios dela, o que nos agradou tanto que depois de algum tempo adormecemos. Era como se de repente tivéssemos podido esquecer juntos que a sexualidade existia. Quando acordamos, estávamos deitados um ao lado do outro, enganchados como um casal de idosos. Junto com Lisa me era possível dispensar uma autorização suplementar da vida concedida por mim mesmo.

É provável que eu devesse ligar para Lisa e lhe perguntar se ela não vai querer buscar os dois frascos de perfume. Ou se ela não os esqueceu, talvez com alguma intenção, como se fossem relíquias da consolação que eu devo contemplar todos os dias. Aproveitando a oportunidade, eu poderia me informar friamente sobre a data em que ela pretende voltar. Sei qual é o número atual do telefone de Lisa. Ela mora com sua melhor amiga, Renate, pelo menos provisoriamente, até que tenha encontrado um novo apartamento. Assim como Lisa, Renate é professora. Quer dizer, Lisa foi professora, até há cerca de quatro anos. A vida profissional de Lisa mal chegou a ser um pouco mais do que o lento processo de familiarização com seu próprio colapso. Lisa não quis aceitar o fato de não conseguir lidar com as crianças combatentes do mundo atual. Ela havia acreditado que conseguiria transformar os alunos que espancavam, mordiam e arranhavam em seres humanos parecidos com ela. Um engano terrível! Um furtivo ataque de nervos obrigou-a depois de doze anos de trabalho a abandonar a profissão. Primeiro ela foi liberada, depois recebeu férias, e por fim foi aposentada precocemente. Lisa hoje tem quarenta e dois anos e ganha uma aposentadoria por ter se arruinado por seus ideais, pelo Estado, pelas crianças ou então por suas ilusões. Renate, muito mais delicada, provavelmente não fracassará, ou então apenas em um tempo adequadamente tardio. Não acho certo que Lisa more com ela. Renate é curiosa, e Lisa acabará, apenas por agradecimento pela hospedagem, contando aqui e ali intimidades do passado. Lisa não vai querer fazê-lo por si mesma, mas achará que não tem escolha. Pelas descrições de Lisa, Renate terá a impressão de que não apenas a vida de Lisa, mas também a minha, é fracassada. Essa ideia me leva a não querer mais conversar com Renate. E no modo como passarei a me desviar do seu caminho, Renate verá uma confirmação do meu fracasso. Eu, por outro lado, não vou querer que essa ideia se cristalize em Renate. Portanto continuarei *não* me desviando do caminho de Renate, ainda que fosse gostar muito de fazê-lo. Ouço soluços no apartamento, mas são apenas os engulhos do aparelho de calefação à água. Mesmo assim ando pela casa toda e procuro por Lisa. Sei que ela não está aqui, sei que é uma idiotice procurar por ela. Às vezes Lisa chorava de desespero por mim. O choro irrompia de dentro dela quando ela havia lavado seus cabelos. Então ficava sentada, uma toalha enrolada na cabeça, outra toalha apertada contra o rosto, uma terceira toalha em torno dos ombros, e chorava. Eu me sentava ao lado dela, às vezes segurava sua mão, coisa que ela aceitava com gosto, e eu só conseguia pensar se existia ou não um vínculo entre o choro e a lavagem dos cabelos. Eu lavo meus cabelos muito mais raramente, e talvez por isso não chore praticamente nunca. Devido a frases de arrepiar os cabelos como essa, começo a imaginar agora que não vivo mais direito à tarde. Em princípio, continuo vivendo apenas pela manhã, quando ando por aí e aproveito para ganhar um pouco de dinheiro, o que voltará a acontecer nos próximos dias. À tarde, sucede uma espécie de fragmentação da minha pessoa, contra a qual sou completamente indefeso, me desmancho em fios, em fibras, em franjas. Então esqueço que na vida há coisas essenciais e coisas superficiais, porque uma coisa superficial qualquer penetra em mim e não me libera mais. Exatamente como agora. Das profundezas dos pátios internos, ouço o ruído da água enchendo um regador. É o regador da senhora Hebestreit, dona de uma lotérica na Teuergarten-Strasse. Agora, à hora do meio-dia, a senhora Hebestreit fechou sua loja e rega seus tomates, seus pepinos e seus rabanetes. Abro na cozinha a janela que dá para o pátio e me sento na poltrona de ratã próxima ao radiador de calefação. De onde estou, consigo inclusive ouvir como o jato de água do regador acerta as folhas empoeiradas das plantas, e como, enquanto isso, um estranho farfalhar de papéis se produz. A senhora Hebestreit usa a água de cinco ou seis regadores todo o meio-dia para regar suas plantas, depois volta para seu apartamento no térreo. Devido ao forte vínculo aquático entre os engulhos do aparelho de calefação, as lágrimas de Lisa e a água do regador, sinto que uma considerável transformação de ânimo perpassa meu corpo. Não preciso chorar eu mesmo, a necessidade de chorar apenas se manifesta por alguns momentos vinda de dentro, e logo volta a desaparecer. Até meados de maio, Lisa dizia quase todos os dias que ainda estava frio demais. Também quando dormíamos juntos no verão ela se queixava do frio. Não tirava sua camisola, mas sim a fechava até o pescoço, porque também durante o ato sexual queria estar protegida, por exemplo, contra uma súbita pele de galinha provocada pelo frio. Por dentro, comigo mesmo, eu às vezes ria ao ver sua camisola, que cobria seus ombros, cheia de dobras como uma golilha desajeitada. Certa vez cheguei a tentar dar uma risadinha breve (e baixa) durante o ato sexual. Lisa não entendeu essa agitação. Também a minha explicação – de que o homem deitado sobre a mulher, ofegante e perdendo a forma, no fundo era apenas ridículo – ela não compreendeu. Para ela o ato sexual era uma questão séria, que mesmo repetido inúmeras vezes não perdia nada da sua seriedade. Prontamente volto a me lembrar da seriedade da minha situação. Enquanto vivíamos juntos, Lisa quis me provar várias vezes que minha modéstia era involuntária. Eu tenho apenas um paletó, um terno, duas calças, quatro camisas e dois pares de sapato. Eu vivia e ainda vivo, para dizer tudo logo de uma vez, da aposentadoria de Lisa. Minhas próprias rendas são, também para dizer tudo sem rodeios, indignas de nota. Até agora não consegui alcançar uma sustentação financeira mais sólida. Mal consigo continuar falando sobre esse problema, ainda que ele se torne semana a semana mais grave. Por sorte, meus pais não vivem mais. Eles diriam sem hesitar que eu fujo ao trabalho. Meu pai era especialmente orgulhoso de ter trabalhado praticamente desde os dezesseis anos até o dia da sua morte. Para ele, as coisas eram fáceis. Esquecia seus conflitos durante e através do trabalho. Comigo acontece exatamente o contrário. Só me lembro dos meus conflitos enquanto trabalho ou quando trabalho. Por isso sou obrigado antes a evitar o trabalho. Para um caso assim, pessoas como meus pais não tinham a menor compreensão. Lisa até me compreendia, pelo menos foi assim durante muitos anos. Eu considerava essa compreensão eterna e imutável. No fundo, porém, ela foi se desgastando aos poucos e agora desapareceu completamente. Minha situação era (é) difícil também por isso, porque no escárnio de fundo pedagógico das palavras de Lisa sobre a minha humildade estava escondido ao mesmo tempo um certo incentivo amável. Eu tinha permissão da parte de Lisa para tirar dinheiro da sua conta. Só fiz uso dessa permissão uma única vez, e por assim dizer dei com os burros n'água. Isso foi há cerca de três anos. Embora tenha conseguido tirar o dinheiro do banco, não consegui gastá-lo. Quando queria pagar alguma coisa, era tomado por uma inibição terrível. Era obrigado a devolver as coisas compradas e voltar para casa. Não escondi a experiência à Lisa na época. Ela ficou comovida e me consolou. Disse que eu levava tudo aquilo demasiado a sério. Sua compreensão era realmente grande. Desde então, evitei tirar dinheiro da conta de Lisa de novo. Havíamos organizado nosso dia a dia de tal maneira que ou Lisa fazia as compras (e portanto tirava ela mesma o dinheiro), ou então me dava dinheiro suficiente quando eu saía para fazer as compras, na maior parte das vezes um pouco mais, a fim de que sobrasse algo para meus gastos pessoais.

Aproxima-se o dia em que serei obrigado a abrir mão, seja lá como for, da minha inibição diante do dinheiro de Lisa. Lisa não fechou a conta na qual eu recebia sua aposentadoria. Estão faltando apenas os pagamentos dos dois últimos meses, para os quais ao que tudo indica existe uma nova conta, que eu não conheço. Se é que interpreto de modo correto o sinal, Lisa está deixando para mim, sem fazer nenhum comentário, o dinheiro juntado na antiga conta. Trata-se de uma espécie de indenização, da qual, se eu proceder de modo econômico, poderei viver bem uns dois anos ou até dois anos e meio. Durante esse tempo, precisarei enfim aprender a caminhar com meus próprios pés. No princípio, fiquei entusiasmado e ao mesmo tempo magoado com a generosidade de Lisa. Como eu poderei me libertar de uma mulher que ao longo de mais ou menos dois anos e meio se despede de mim com uma magnanimidade praticamente incompreensível? Há algum tempo me dei conta de que a indenização também é uma manobra das mais inteligentes.

Percebo como a doação de Lisa me intimida. Não é possível como homem, com o dinheiro de uma mulher, se manter sem afundar quando o bem-querer da mulher ao mesmo tempo não se faz mais presente. A vergonha é tão poderosa que no momento nem sequer tenho coragem de discar o número de Renate e pedir para falar com Lisa. Lisa desapareceu da minha vida com um silêncio comprado. Ela sabe que me falta a força (a impudência, a burrice) para superar o pudor e botar um fim no silêncio. Eu jamais acreditei que Lisa pudesse ser assim tão friamente calculista. É claro que ainda preciso esperar por algum tempo até que esse ponto de vista acerca dos acontecimentos tenha realmente se imposto como garantido. Continua sendo possível que Lisa acabe tirando todo o dinheiro da sua antiga conta, cancelando-a em seguida. Também pode ser que Renate a influencie nesse sentido, ou até mesmo a pressione. Lembro bem que Renate, há cinco anos, aconselhou Lisa a se livrar de mim. Na outra ponta do corredor o telefone toca. É provável que seja Habedank, o gerente da manufatura de sapatos Weisshuhn, que espera pelo relatório do meu teste. Se eu não me manifestar em mais alguns dias, botarei meu emprego em perigo. De onde eu agora seria capaz de tirar o ímpeto necessário para falar com Habedank? Quando Lisa ainda estava aqui, o telefone também não representava um problema. Ela me conhecia e conhecia os que me contratavam, ela ia atender e sabia sem combinarmos nada que história deveria inventar a quem quer que ligasse, para me proteger e proteger meu bom humor. Deixo o telefone tocar, não sei o que devo dizer, seja lá quem estiver ligando. Ao mesmo tempo o toque do telefone me denuncia. Habedank conhece meus hábitos, ele sabe que estou em casa e fico cada vez mais em casa, eu mesmo lhe disse, porque não consigo mais me dominar tão bem como no passado. Na verdade, toma conta de mim com uma frequência cada vez maior uma vontade de ficar calado, que me dá um pouco de medo, porque não sei se o tanto de silêncio que eu preciso para a vida ainda é normal ou talvez já seja o princípio da minha doença interna, caracterizada apenas precariamente por fragmentação ou com expressões como se desmanchar em fios, em fibras ou em franjas. Olho para o chão e contemplo os rolos de pó que jazem aqui e ali. Como o pó se multiplica de modo estranhamente secreto! De repente, me ocorre que a palavra correta para o estado atual da minha vida poderia ser desenrolamento. Exatamente como um rolo de pó, também eu sou meio transparente, mole no centro, flexível no exterior e exageradamente aderente, e além disso silencioso. Há alguns dias me ocorreu a ideia de mandar um plano horário de silêncio a todas as pessoas que conheço, ou então que me conhecem. Nesse plano está registrado com exatidão quando quero conversar e quando não. Quem não respeitar o plano horário de silêncio será proibido de falar comigo de modo permanente. Para segunda e terça-feira está/estaria previsto SILÊNCIO CONTÍNUO. Na quarta e na quinta-feira apenas pela manhã haveria SILÊNCIO CONTÍNUO, e à tarde SILÊNCIO TOLERANTE, quer dizer, seriam permitidas conversas breves e telefonemas breves. Apenas na sexta-feira e no sábado eu estou/estaria pronto a conversar sem restrições, mas de qualquer modo apenas a partir das onze horas da manhã. No domingo impera SILÊNCIO TOTAL. A verdade é que o plano horário de silêncio já estava largamente elaborado, e por um fio não cheguei a enviá-lo. Eu já havia digitado até mesmo os endereços nos envelopes. Uma sorte Lisa jamais ficar sabendo desse plano horário de silêncio. É provável que ela chorasse se fosse obrigada a ouvir a expressão. Lisa caía no choro com frequência e bem rápido, mas também parava de chorar com a mesma rapidez. Se o telefone tocava enquanto ela estava chorando, ela engolia em seco em apenas um segundo e ia atender. Agora ela diria com voz firme que eu no momento estava no dentista. Isso nem sequer seria uma grande mentira, porque eu realmente estou há semanas fazendo um tratamento dentário, que em breve chegará ao fim, graças a Deus. Há dias, ainda, a assistente do dentista ligou e disse com a voz clara como a luz do sol: Seus novos dentes chegaram! Eu fiquei sem palavras. A assistente do dentista repetiu: Seus novos dentes chegaram. Eu jamais considerara possível que uma frase dessas simplesmente pudesse ser dita a mim algum dia. A assistente do dentista não tinha a menor ideia de que era uma bárbara. E eu também não tive a coragem de lhe dizer que ela era. Gaguejei uma meia frase confusa ao telefone, a partir da qual a assistente do dentista pôde deduzir que eu em breve apareceria no consultório para retirar meus novos dentes. Exatamente isso é muito questionável. É bem mais provável que também a assistente do dentista receba de mim um plano horário de silêncio. O sol jorra para dentro do apartamento e me mostra minha vida coberta de pó. No verão eu sinto uma culpa suplementar. Às vinte e duas horas continua claro e pela manhã às cinco já está claro de novo. Os dias se esticam desavergonhadamente, e deixam evidente como eu os deixo passar. Pelo menos o telefone parou de tocar. Com certeza era Habedank. Só ele sabe que cada um dos toques vazios me azucrina. Embora nem sequer seja difícil marcar um encontro com Habedank. Nós conversaríamos em seu escritório por volta de uma hora e depois ele me daria mais quatro ou cinco novos contratos. Ele quer apenas meus relatórios de teste, depois falar comigo sobre miniaturas de trens da década de cinquenta e sessenta, sobretudo acerca dos modelos da TRIX e da FLEISCHMANN. Tenebroso! Miniaturas de trens! Meu Deus do céu! Eu jamais seria capaz de pensar que criancices como essa poderiam se tornar tão importantes um dia. Mas Habedank não tem ninguém com quem falar de miniaturas de trens. Eu deveria ligar imediatamente para Habedank e combinar um encontro com ele. Mas passo pelo telefone e entro no cômodo da frente. Agora o destino expande a vida não autorizada. Sempre acabo por ficar melancólico quando deveria lutar. Eu terei de lutar, logo ficarei melancólico. É como se eu tivesse afundado até os joelhos em águas levemente suspeitas. Habedank me demitirá do emprego se eu não falar mais com ele sobre miniaturas de trens. Estou parado à janela e olho para baixo, para a rua. Observo um rapaz que limpa a calçada do prédio administrativo de uma construtora. Ele aparece a cada catorze dias e sopra com um aparelho de alta pressão as folhas que jazem no chão, primeiro empurrando-as à sua frente, depois para dentro de um depósito. Mais tarde ele pega um grande saco de plástico azul no porta-malas do seu carro e enfia as folhas dentro dele para levá-las embora. A pose de ordeira da construtora me incomoda. As senhoras e senhores arquitetos, construtores e estatísticos fazem questão de ter uma calçada completamente limpa! Não pode sobrar nenhuma poeirinha diante da sua suntuosa construção! Eles não podem ver nem mesmo algumas folhas caídas no chão! Eu me pergunto se as senhoras e senhores jamais foram crianças, se eles nunca se alegraram em empurrar diante si algumas folhas com sapatos colocados de través, se o ruído surgido disso e a visão das folhas juntadas diante dos seus sapatos não lhes ajudaram a suportar a besta da sua mãe ou algum professor terrível ou até mesmo os sussurros das suas pobres almas. Será que as senhoras e senhores jamais ficaram em silêncio consigo mesmos, e por causa disso se tornaram defensores tão decididos de calçadas totalmente limpas?

Nesse momento me vem uma ideia. Vou bolar um curso rápido de arte da memória para os funcionários da construtora. Vou me chamar de INSTITUTO DE MNEMOSINE, isso soa moderno e novidadeiro, e vai fazer com que qualquer funcionário bocó queira saber o que significa. Vou oferecer, em cinco ou seis noites, um curso fundamental sobre a arte de recordar. Sim! É isso! Vou falar longa e inteligentemente com os funcionários, até que eles enfim compreendam como era maravilhoso no passado quando os pequenos montes de folhas ficavam cada vez maiores diante dos seus sapatos. Então até os estatísticos mais empedernidos vão entender que se trata de uma boa ação caminhar por folhagens farfalhantes, e ver surgir enquanto isso a sensação insubstituível e completamente insuperável de que cada ser humano é sempre a mesma e única pessoa, com uma história de recordações absolutamente única, que cresce devagar e se faz cada vez mais rica. Esse discernimento fará um bem incomensurável aos arquitetos e estatísticos, e eles mandarão o homem com o limpador de alta pressão para casa e investirão parte dos seus ganhos no recém-fundado INSTITUTO DE MNEMOSINE. E eu vou ganhar dinheiro com esses cursos! Meu Deus do céu! Dinheiro! De repente, vejo como lá embaixo, na calçada, um homem estaca, tira um dos seus sapatos, ajeita a meia que escorregou enquanto caminhava, volta a usar o sapato e segue adiante. Esse homem freia meu sonho diurno, eu não sei por quê. É provável que seja a visão mesquinha da certeza de que as pessoas precisam providenciar ordem até mesmo dentro dos seus sapatos. Sinto como meu sonho diurno volta a me abandonar, ou melhor, como ele primeiro se transforma em uma ameaça e em seguida em uma vergonha. Eu não vou ganhar dinheiro, em todo caso não com cursos sobre a arte da memória. Falei as últimas frases eufóricas no ainda obscuro porão de ensaios do meu futuro, onde elas mesmas terão de ver se poderão ou não fazer algo com minha vida. Ahá! A arte da recordação para funcionários! Eles não poderão fazer absolutamente nada com isso! Pelo contrário, perguntarão três vezes como afinal de contas se escreve mnemosine, porque jamais ouviram a palavra antes. Eles vão rir de você! Arte da memória! O que haverá de ser isso? Meu sonho diurno foge e faz troça de mim durante a fuga. É esse o seu jeito, já conheço isso há muito. Arte da memória! Só o vizinho da frente, sempre trancado em seu quarto, poderia ter inventado algo assim! Fantasias como essa impedem ainda hoje que eu me transforme enfim em um homem capaz para a vida. Suspiro, porque sou um homem tão pequeno, tão falível. É a última lição do sonho diurno que foge. Por que o seu cérebro sempre volta a chocar ovos podres como esse, que ninguém se interessa em comprar? Por que você sempre volta a pensar coisas que impressionam apenas a você mesmo, e que você não poderá comunicar a ninguém (exceto Lisa), porque ninguém compreende (exceto Lisa) como um homem adulto pode se convencer de que poderia ganhar dinheiro com uma asneira dessas? Por que você permite que um homem com um limpador de alta pressão e algumas folhas confundam você desse jeito? Quando, enfim, você terá uma ideia que fará sentido também a outras pessoas? E pela qual elas estejam dispostas a pagar, e com urgência!

4

Esgotado comigo mesmo, decido ir ao cabeleireiro, a fim de que pelo menos aconteça algo razoável hoje. Pela segunda vez deixo o apartamento, porque de outro jeito não consigo fugir às insanidades da minha cabeça. Mas você não conseguirá viver para sempre uma vida de desvios, digo à meia voz para mim mesmo. É preciso que exista ainda outra paixão para você não ficar sempre nesse vício de desaparecer. Pelo menos já é um tanto agradável entreouvir meus próprios insultos. Pois o doce veneno inerente a eles ao mesmo tempo me transforma no contrário de um insultado. É o exagero, também inerente a eles, que ao mesmo tempo me declara inocente. Eu digo a mim você, seu velho hotentote; não, tolo de capote, não, capote de tolo, e já sou obrigado a rir de novo da ternura do meu autoescárnio. De certo modo, essa tarde me faz intocável. Eu sinto a fragmentação, ou melhor, o desenrolamento em mim, e ao mesmo tempo me divirto com ele e não consigo me incomodar de verdade comigo. O salão de beleza de Margot não é distante da minha/ nossa casa. Ele é uma das muitas pequenas lojas do bairro que quase diariamente cambaleiam à beira do abismo, exatamente como eu. De modo que as pequenas lojas e eu combinamos muito. No princípio, eu só visitava o salão de Margot porque ele me causava estranheza e ao mesmo tempo me divertia. Quer dizer, porque eu não compreendia como isso se conectava, estranheza e diversão. Ainda hoje não compreendo a simultaneidade dos dois efeitos, mas hoje também o não compreender me diverte; pelo menos quando ele se fixa a um lugar secundário e quase ridículo em si como um salão de beleza. O salão de Margot provavelmente foi montado na década de sessenta, e desde então não foi reformado. No setor dos homens, há três pias de porcelana pesadas e grosseiras, demasiado grandes para a sala pequena. Além de Margot, não há nenhuma outra cabeleireira ou cabeleireiro. É provável que Margot ainda tenha apenas alguns poucos clientes. Algumas mulheres de mais idade e pessoas como eu, que fazem questão de pagar barato. Quando entrei no salão pela primeira vez, Margot estava sentada e curvada para a frente sobre a pia vazia do meio. Apenas ao me aproximar, vi que Margot tomava um prato de sopa que se encontrava no fundo da pia. Margot se assustou um pouco, e ficou confusa. Ao que parece, ela não contava mais com um cliente, e esquecera de trancar a porta do salão. Eu sugeri que poderia deixar seu estabelecimento. Mas Margot me pediu para ficar, e levou embora o prato ainda meio cheio. Hoje ela não está tomando sopa. Em vez disso há um gato deitado e dormindo na mesma pia do meio.

O senhor tem sorte, diz Margot, logo chegará sua vez. O gato não se deixa perturbar pelos movimentos repentinos em volta dele. Margot gira em minha direção o acento da cadeira de cabeleireiro à esquerda, e eu me sento. Entre os espelhos há desenhos pendurados, ao que tudo indica feitos pela própria Margot. Eles mostram, todos, o mesmo perfil feminino, com um corte de cabelo *à la garçonne*. Os desenhos me lembram momentaneamente da minha mãe, que nos últimos anos da sua vida gostava de desenhar uma cabeça com um corte *à la garçonne* semelhante àquela. Margot cobre minha parte da frente com um avental limpo. Eu sou o único cliente. Margot diz: Eu agora já posso reconhecer o senhor pela parte de trás da sua cabeça. Nós rimos brevemente, em seguida Margot me estende uma revista com o nome de GLÜCKSREVUE. A parede separatória entre a seção dos homens e das mulheres é provavelmente ainda mais velha que as instalações restantes. É um emaranhado de bambu amontoado em forma de cruz, conforme era comum se ver nos anos sessenta em muitas salas de estar. Três potes de flores de argila marrom estão pendurados ao emaranhado, e presos a ele com laços de ráfia. Margot liga o rádio portátil. Um sucesso do momento ecoa, o gato levanta os olhos. Na GLÜCKSREVUE eu leio o começo de um artigo sobre a descendência da casa real sueca. O título diz: O primeiro neto chegou. Por engano eu leio: O primeiro nojo chegou. Ainda assim não me enojo, pelo contrário, o caráter estranhamente amontoado dos ambientes me fascina. Margot me faz lembrar das mulheres que conheci antes de Lisa. Nenhuma delas era adequada para mim. Na época, eu desisti da ideia de que em algum lugar existia a mulher "certa", e me acostumei à dor de estar duradouramente junto de uma mulher inadequada. Pouco depois conheci Lisa. Agora Lisa se foi, e eu penso se devo me acostumar de novo a mulheres que não são adequadas para mim, com as quais porém estou porque não existem outras mulheres. Ao mesmo tempo isso não me dá vontade de viver uma nova história de amor, nem com uma mulher adequada, nem com uma inadequada, mas também não tenho tanta certeza disso. Margot molha meus cabelos e enquanto isso conta sobre umas férias malogradas no mar Báltico. Sua mãe se incomodava quase que diariamente com o tempo ruim, com o serviço ruim e com os funcionários de mau humor. Por fim, também eu comecei a me incomodar com o tempo, o serviço e os funcionários, diz Margot, ainda que normalmente eu não dê a menor bola para essas coisas. Essa foi a última vez que viajei em férias com minha mãe. Nós rimos. Margot tira meus óculos com todo o cuidado e corta os cabelos que cresceram por cima da minha orelha. Agora ela fala dos desfalques do seu irmão, dos quais já ouvi em uma visita anterior. Depois de cerca de quinze minutos, ela balança um espelhinho redondo de cabeleireiro de um lado a outro, por trás da minha cabeça. Eu assinto e digo, sobre os meus cabelos recém-cortados: Maravilha, ficou excelente. Nesse comentário exagerado, reconheço que não irei imediatamente para casa. Margot pincela minha nuca e empurra para o chão os tufos de cabelos espalhados pelo avental. Ela desata os fios que prendem o avental e barbeia minha nuca. O gato estica a cabeça, Margot desliga o rádio portátil. Junto ao caixa, nós nos beijamos, exatamente como na última vez, há cerca de três semanas. Continuo não querendo uma nova história de amor. Acho que não consigo mais dizer nem ouvir as frases que precisam ser ditas no decorrer de um caso amoroso. Embora Margot torne as coisas fáceis para mim. Ainda que fale relativamente muito, ela não diz as baboseiras amorosas habituais. Volto a guardar minha carteira. Margot tranca a porta da loja, eu a sigo para o quarto dos fundos, que começa em uma das saídas laterais da seção das mulheres. Não é a primeira vez que eu e Margot dormimos juntos depois de cortar os cabelos. As persianas estão baixadas até a metade. Através de uma cortina bem próxima, olho para um pátio interno vazio, no qual na última vez havia crianças brincando. Hoje descubro apenas uma pequena gaiola de passarinhos na janela de uma casa situada do outro lado do pátio. Só agora percebo que meus óculos devem continuar à borda da pia. Sem óculos não consigo reconhecer como pássaros os dois pássaros na gaiola, mas sim como duas manchas móveis. Por estar sem óculos, a situação, apesar da sua estranheza, também me parece íntima. Só em casa me permito ficar sem óculos por mais tempo. Andar por aí e olhar por aí sem óculos funciona para mim como permissão para uma vida fragmentada. Margot já está sem roupa. Nem sequer me ocorre a ideia de que ela eventualmente possa estar com pressa. Ela me ajuda a abrir os botões da camisa e a desatar os nós dos cadarços. Se não me engano, Margot não se preocupa muito com o fato de eu talvez não estar propriamente em um clima amoroso. Ela me lembra dos homens dos quais sempre se diz que dormem com suas mulheres mesmo quando elas nem sequer estão querendo. Penso sentir que lhe dá prazer me ajudar a tirar a roupa. Claramente ela dá valor a essa pequena e esquisita aventura durante um longo dia de trabalho. Mais uma vez, assim como já aconteceu na última, ela se senta no sofá, me puxa para junto de si e chupa meu órgão sexual. Eu olho alternadamente para as duas manchas móveis sobre a janela da frente e para as três coifas de cabeleireiro da seção feminina. O acrílico das coifas está cinzento e cheio de ranhuras. Baixo os olhos para a pequena Margot sentada no sofá e que agora me agrada muito. Ainda que não precise de apoio, eu me seguro em seus ombros. Me curvo duas vezes de leve, e pego seus pequenos e rijos seios. De repente me ocorre meu curso de arte da memória. Quase ao mesmo tempo tenho certeza de que por trás dessa ideia não há nada a não ser meu desejo pessoal de ter meu próprio e privado mar de folhas secas, que só eu sozinho poderei atravessar. Provavelmente estar junto com Margot tenha me ajudado a reconhecer o fundamento individual dos cursos de memória. De qualquer modo, eu não teria chegado ao cerne da questão sem Margot. Uma torrente de gratidão me perpassa de uma ponta a outra, eu acaricio as costas de Margot como se eu tivesse acabado de perceber que ela sente frio antes e durante o ato sexual, exatamente como Lisa. A gratidão por Margot se mostra também no fato de o meu membro se tornar grande e duro como poucas vezes se mostrou. De repente, fica claro que apenas preciso encher o quarto vazio de Lisa com folhas para ter ali um quarto de folhas reservado apenas para mim. Por acaso andar por um quarto com folhas não é uma técnica maravilhosa para me separar de Lisa, e ao mesmo tempo saber que uma separação dela nem sequer será possível para mim? Eu preciso apenas encher alguns sacos plásticos de folhas de plátano, e trazê-los sem ser notado para dentro de casa, e espalhá-los pelo quarto de Lisa, aí tudo estará feito. Brinco por alguns segundos com essa ideia e me sinto feliz. Nem sei se é uma felicidade nova, que eu devo a Margot, ou se continua sendo uma felicidade antiga, que restou de Lisa. Ao mesmo tempo, sinto medo de ficar sentado como um demente no quarto vazio de Lisa, envolvido por incontáveis folhas murchas, e falando uns troços confusos. Sempre voltarei a dizer que não estou mais pronto a aceitar vida não autorizada. Isso como de costume ninguém compreenderá. A não ser Lisa, claro, mas Lisa não está aqui nem voltará a estar jamais. Ela só voltará a me visitar quando eu estiver em uma instituição, mas também então ela não me compreenderá, porque precisará chorar e todas as forças a terão abandonado. Um psiquiatra falará de fortes e desintegrantes perturbações do eu, de uma confusão depressiva com sintomas psicóticos, de uma vivência de perseguições doida e paranoide. Frases como essa podem ser lidas sempre nos jornais quando alguém não sabe mais o que fazer após certos acontecimentos e acaba sendo internado. Lisa ouvirá essas frases e chorará ainda mais. Margot me larga e ajoelha-se, curvando-se para a frente, sobre o sofá. Com as mãos, tateio em busca do seu órgão sexual e sinto que está seco. Umedeço indicador e dedo médio com saliva e esfrego com delicadeza seus lábios genitais. O mesmo outra vez com anelar e mindinho. Cuidadosa e lentamente, penetro em Margot o canudo no seu baixo ventre. Com ambas as mãos agarro seu pequeno traseiro de criança e o puxo com força para mim. Margot emite alguns sons animais que eu gosto de ouvir. Por sorte consigo estender a relação tornando meus movimentos tão regulares quanto possível. Pela primeira vez penso fugidiamente se não poderia me encontrar com Margot também fora do salão de beleza. De repente, sinto medo disso, em breve sentirei vergonha por uma vez ter sido saudável. Logo depois, parte dessa saúde já se esvai perdida. Alguns segundos mais tarde, fica claro que eu provavelmente não terei um orgasmo. Ao que parece com Margot está se passando o mesmo. Impaciente, ela cai uma vez sobre as mãos, depois volta a se apoiar aos cotovelos. Ela continua curvada para a frente, mas de repente volta o rosto para trás e olha para mim. Tomo seu olhar como uma permissão para interromper o ato sexual. Me solto de Margot, ela se levanta e consegue juntar alguns instantes de belo desamparo. Por causa da interrupção do ato sexual, sinto que Margot está ainda mais próxima de mim do que antes. Ela não faz o menor caso pelo motivo do nosso desastre. Não consigo dizer que me sinto agradecido com ela. Como é estranho o ser humano! Se pudéssemos ser normais, o estranho muitas vezes seria o humano, mas é raro que consigamos ser normais. Eu gostaria de dizer essa frase a Margot, mas lamentavelmente me sinto culpado e me calo. A interrupção do ato sexual agora me parece algo como uma economia de luto permitida por Margot. Com a alegria liberada por essa economia, nós olhamos um para o outro. É como se já tivéssemos inventado e sustentado vários acordos complicados. Margot termina de se vestir antes de mim. Não ouso sair ao salão em estado semivestido e procurar por meus óculos. Margot volta a arrumar o quarto e o deixa como estava antes. Até agora jamais dei dinheiro a Margot. Mas hoje sinto necessidade de deixar dinheiro para ela. Não deve parecer como se eu quisesse pagá-la. É que a vida de Margot de repente me dá pena. Também ela lida com suas injustiças, eu sinto. Tenho necessidade de falar com ela sobre a vida não autorizada. Em seus movimentos rápidos eu reconheço a desgraça de ser, com frequência, apenas obrigado à vida. Ao mesmo tempo, temo não estar no momento à altura de uma conversa sobre a vida não autorizada. Eu teria assim como em criança a sensação de que, sobre tudo aquilo que acontece, eu entendo sempre apenas o começo. Depois do começo entendido, eu talvez fugisse, porque me lembraria demais como sempre me causou medo a complexidade de toda vida. Percebo que Margot gostaria de voltar a abrir o salão. O gato vem para o quarto dos fundos e olha como eu calço meus sapatos. Agora ele salta sobre o sofá no qual Margot estava ajoelhada. Meus óculos continuam na beira da pia do meio. Na pia ao lado, descubro um único cabelo escuro. Ele se retorce na porcelana até alcançar a borda superior da pia. Pôr os óculos e tirar a carteira se transformam em um movimento de continuidade. Deixo cento e cinquenta marcos sobre o balcão, e com um gesto impeço Margot de me dar o troco. Margot não esboça resistência. Pouco depois ela abre a porta para mim. Toco o rosto de Margot com os lábios, e desapareço.

Lá fora, na rua, minha atenção recai sobre um homem com colarinho muito largo. Eu gostaria de lhe perguntar se ele perdeu a vontade de comprar camisas do seu tamanho. Aí eu poderia lhe dizer que também em mim essa vontade desapareceu. Depois disso, nós poderíamos ir a um bar e, não, isso não aconteceria. No prédio da frente, no terceiro andar, há um rapaz na janela aberta tocando acordeão para os que passam na rua. Levanto os olhos até ele, depois do quê ele toca com mais ímpeto, o que me parece um tiquinho penoso. Imóvel como um pequeno morto, um bebê dormindo passa carregado ao meu lado. Andorinhas voam em grupos de seis sobre uma esquina quase sem movimento. Contemplo todos esses detalhes com uma atenção exagerada, porque preciso evitar a vontade de me abaixar e juntar as folhas que jazem no chão. Para levá-las para casa, para meu quarto de folhas privado. Embora desde sempre esteja claro para mim que eu só posso planejar e não executar a ideia do meu quarto de folhas. Posso amar as folhagens apenas enquanto continuam na rua. Jamais devo acreditar que poderia salvar as folhas ou a mim mesmo ao espalhar parte dessas folhas no antigo quarto de Lisa. Mas eu também não gostaria de participar da vergonha do desejo inútil. O medo da loucura nesse instante é tão forte que eu temo, pois apenas pelo medo ela já poderia começar. Então eu me curvo e com a mão pego quatro, não, cinco folhas vigorosas de plátano com bordas finamente denteadas e talos alongados.

5

Nas quebradas às margens do rio não há alma viva a não ser eu. À direita, uma via de contorno bem movimentada se estende ao longe. O barulho dos carros chega até onde estou, mas mal consegue me incomodar. À esquerda, o rio chapinha; ele está um pouco barrento hoje, quase enlameado, provavelmente choveu à noite. Entre a via e o rio há uma faixa estreita de relva, atravessada por algumas trilhas de lama, endurecidas pelos pés dos caminhantes. Acima, ao longo da via localizada um pouco mais alto, restaram alguns bancos. A maior parte desses bancos foi arrancada e destruída por vândalos nos últimos anos. A administração municipal não reforma os bancos, o que não aumenta os atrativos da região. O abandono da faixa à margem do rio no entanto me favorece, porque assim consigo fazer meu trabalho sem ser observado. Há sete anos trabalho como testador de sapatos, e posso dizer que essa ocupação é até agora a única da minha vida à qual pude me manter fiel, inclusive com sucesso cada vez maior, o que naturalmente não se deve a alguma capacidade especial, mas sim, conforme o gerente Habedank, responsável por meus contratos, gosta de dizer, ao "venturoso destino de mercado do nosso produto". Trabalho para uma pequena fábrica de sapatos de luxo com um forte projeto de expansão, para a qual meu então amigo Ipach chamou minha atenção em algum momento do passado. Ipach na verdade queria se tornar diretor de teatro, e quase teria conseguido, mas depois de um tempo demasiado longo como assistente de direção no Teatro Municipal de Oldenburg, não arranjou mais nenhum trabalho novo. Por puro acaso ele se tornou representante da fábrica de sapatos para a qual eu hoje também trabalho. Você precisa apenas andar por aí o dia inteiro, calçando sapatos novinhos em folha, e depois escrever relatórios os mais exatos possíveis acerca das suas sensações ao andar. Essa frase de Ipach me deu o impulso necessário para sentar no bonde e, com uma recomendação de Ipach, procurar o gerente Habedank. Hoje estou testando um pesado modelo Oxford de *boxcalf* polido e curtido, solidamente costurado. Os cadarços são clássicos, simétricos até o último milímetro. Pela grossura da sola, os sapatos Oxford (apesar do couro de vitela) muitas vezes parecem um tanto duros. Eu ando já há cerca de uma hora por aí com os sapatos Oxford, mas dessa vez não consigo sentir a menor formação de regiões de pressão nos pés. É provável que isso se deva ao amortecimento de cortiça embutido de modo quase carinhoso, que o cortador Zappke sugeriu para o modelo. Por segundo, hoje testarei um igualmente pesado e também solidamente costurado modelo Budapeste, que não agrada muito a meu gosto pessoal, mas voltou a ser muito requisitado pelos homens. A perfuração é convencional, pelo menos na biqueira. Para a parte de trás, o cortador criou um novo modelo que, conforme eu suponho, tornará o sapato cinquenta marcos mais caro. As perfurações têm o mesmo tom (bordô) do couro, o que certamente causará a rejeição de alguns puristas. Esses puristas de qualquer modo rejeitarão o bordô, porque segundo sua opinião, um sapato tão caro e tão sério pode ser feito apenas em preto ou marrom (marrom-escuro). O terceiro par de sapatos é um modelo Blucher de cordovão (couro de cavalo), o mais caro disponível hoje em dia. O sapato é montado a partir de um número extremamente alto de camadas costuradas individualmente. As bordas das camadas em parte são visíveis exteriormente, em parte escondidas na região interna do sapato. O modelo Blucher é macio como um gorro de lã e dá, apesar de ser composto de diferentes pedaços, a sensação de ser fundido a partir de apenas uma peça de couro. Dos três pares, ele receberá a melhor avaliação da minha parte. Habedank exige que eu teste cada par de sapatos pelo menos durante quatro dias. Isso eu já deixei de respeitar há muito tempo. Entrementes, consigo descobrir com clareza e descrever com precisão as especificidades de um sapato, sobretudo as possíveis regiões de pressão nos calcanhares e na parte da frente na biqueira, depois de meio dia de uso. Sento-me na relva e olho para o rio deserto e ao mesmo tempo tranquilizante, que, largo e vagaroso, corre em minha direção. Ele cintila e brilha à luz do sol como uma caixa de talheres de prata de repente aberta.

Não muito longe daqui, uma estreita ponte para pedestres se curva sobre o rio. Um casal atravessa a ponte. Mais ou menos no meio da ponte, o casal fica parado e se beija de uma forma muito ardente. É como se o casal se sentisse ameaçado por alguma surpresa, e o beijo fosse uma medida contra essa ameaça. Agora, depois do beijo, o casal parece aliviado, e deixa a ponte estreita já mais animado. Uma mulher com marcas visíveis de desleixo vem da esquerda, ao longo da trilha de lama. Ela tem entre cinquenta e sessenta anos de idade e carrega uma mala na mão esquerda. Suas roupas, seus sapatos e os cabelos estão sujos, ou melhor, parcialmente emaranhados. Faço esforço para não dar atenção à mulher, o que não corresponde completamente à verdade interna do meu desejo. Pois eu gosto de estar perto de confusos, meio loucos e surtados. Nesses momentos, imagino que em pouco serei um deles. Aí estarei livre de procurar uma profissão definitiva e estável, e levar a minha vida de modo a se adequar a essa profissão definitiva e estável. E quando eu mesmo estiver confuso, terei enfim forças suficientes para mandar tudo às favas e acabar com todas as coisas que não se adequarem a essa vida enfim encontrada. A mulher se aproxima de mim e deita a mala na relva aos meus pés. É uma antiga mala de papelão duro com alça de latão. Me vem à mente que uma mala é a última coisa que resta de um ser humano. Se uma mala não é destruída por capricho, dura eternamente. Mais indestrutíveis do que as malas são as alças de mala. Mesmo depois que a mulher estiver morta e sua mala destruída, a alça de latão restante lembrará de uma vida que se tornou irreconhecível. Eu gostaria de dizer à mulher: fique tranquila, a alça de latão da sua mala vai testemunhar para sempre por sua vida. Não me é possível pronunciar a frase. Por isso agora seria (é) adequado que me viessem lágrimas aos olhos. Mas meu rosto permanece seco. A mulher abre a mala e me mostra seu vazio. Tudo que vejo são duas faixas para fixar roupas soltas dentro da mala, com as quais a mulher brinca durante algum tempo. Tenho certeza de que a mala vazia é a explicação para o medo repentino do casal que se beijou. Eles viram a mulher com a mala sobre a ponte e no mesmo instante tiveram a sensação imperiosa de que em pouco também não seriam mais do que as duas metades de uma mala vazia. A mulher dá uma risadinha, fecha sua mala e desaparece. Alguns segundos depois, lembro-me da minha mãe. Quando eu era criança, ela muitas vezes arrumava, à hora do meio-dia, bolsa, chapéu, cachecol e guarda-chuva no vestíbulo, como se quisesse ir embora. Mas depois acabava não indo. Ela se sentava na cadeira ao lado do telefone e contemplava bolsa, chapéu, cachecol e guarda-chuva. Depois de algum tempo, eu ia até ela e contemplava com ela as coisas arrumadas e mesmo assim não usadas para sair. Meio minuto mais tarde, minha mãe e eu nos abraçávamos. Nós nos apertávamos com força e ríamos nos rostos um do outro. Hoje em dia imagino que minha mãe dominava assim o seu susto, com o fato de o mundo não lhe parecer digno de ser visto. Em meio à recordação, desperta em mim o sentimento da satisfação. Por alguns momentos, acredito que será suficiente para mim se eu vier uma ou duas vezes por semana até aqui, me sentar na relva e olhar para o rio. Uma borboleta limão bate as asas sobre as pontas dos talos da relva. Eu jamais me interessei pela existência ou não de uma alma, mas de repente brinco com a ideia de talvez ter uma. Mas logo me dou conta de que não sei o que é uma alma, e como se poderia falar sobre ela sem incomodá-la. Ainda assim, eu gostaria de saber o que preciso fazer para que ela não sofra alguma avaria. Para que não sofra alguma avaria! É assim que eu penso, e não me envergonha a ingenuidade patética. É provável que a alma seja apenas outra palavra para tranquilidade. Ela é um pequeno carrossel colorido para o qual, quando estou aqui sentado na relva, salto sempre na hora certa. A alma não diz nada disso, mas percebo como ela faz menção de falar sempre na hora certa. É provável que ela jamais vá dizer alguma coisa, limitando-se sempre a mostrar algumas imagens: o casal que se beija amedrontado, a mala vazia e a lembrança da mãe. No momento, me interesso apenas pelos fios embolados que sempre voltam a se formar no bolso do meu casaco. Na noite de ontem para hoje, não fiquei louco. Espalhei no quarto de Lisa as folhas de plátano juntadas na rua. Olhei por um bom tempo para as folhas, e elas me agradaram muito. Penso se será bom juntar as folhas apenas de uma determinada árvore ou de várias árvores diferentes para levá-las para dentro de casa. No momento, apenas estou um pouco intimidado com o fato de já ser quase meio-dia e eu estar sentindo fome. Preciso economizar, e gostaria de abrir mão de visitar restaurantes caros. Na verdade, também estou de saco cheio de bistrôs e lanchonetes. Ainda hoje sinto o tremor de algumas vivências que acabei tendo alguns dias atrás.

Eu entrei por volta de treze horas em um bufê rápido e parei ao final de uma fila de pessoas famintas. Logo percebi que a mulher atrás do balcão não olhava para as pessoas que servia. Ela não levantava mais o rosto, apenas dizia sempre "o próximo", assim que depunha um prato sobre o balcão de vidro. Os não olhados pegavam às pressas as porções que lhes eram destinadas, e ocupavam seus lugares nas pequenas mesas de comer em pé espalhadas pelo ambiente. Percebo que o fato de não ser olhado tinha por consequência que os que comiam também não olhavam uns para os outros. Apenas no instante em que botei meu prato sobre a mesa me assustei com o fato de mais uma vez escolher um *menu* barato em um bufê barato. De tanta vergonha comi ainda mais rápido. Eu até fechava os olhos por causa do embaraço, quando levava o garfo à boca. Fechar e voltar a abrir os olhos no entanto me fez parecer afetado. Depois de alguns minutos a afetação me obrigou a interromper a refeição. Eu agia como se o *menu* fosse ruim demais para mim. Empurrei o prato para o meio da mesinha como um ator ruim e me voltei para o outro lado. Ao me virar, percebi que pelo menos dois dos que comiam não levaram meus gestos a sério. Eles haviam reconhecido secretamente que eu, ah, sei lá o que foi que eles reconheceram. Uma coisa dessas não pode acontecer comigo outra vez. Mesmo quando se vive lado a lado com outras pessoas, é necessária a imperturbabilidade de um monge. Gemendo um pouco, eu me levanto e bato alguns restos de relva do meu casaco. Vou testar os sapatos de couro de cavalo no caminho para casa. Já depois de alguns passos, percebo que não existe quase nada que eu sinta mais falta do que a imperturbabilidade de um monge. De tanto olhar em torno, minha satisfação mudou seu nome. Ela agora se chama pachorra, e pode me assustar outra vez com seu novo nome. É verdade, eu sou lento demais, pareço um manco. Minhas complicações e distrações ainda me matarão. Embora eu não possa me queixar com ninguém sobre essas características. Preciso aceitá-las, e esperar que com o tempo elas percam um pouco de sua inviabilidade. Mas o tempo passa, e minhas características ficam. Quase de semana a semana elas se tornam mais inviáveis. Preciso matar a desatenção e sei porém que sem ela não posso viver. É claro que esse conflito me arrancará o ar ou me deixará doente, o que no meu caso significa a mesma coisa. Enquanto isso eu nem sequer compreendo porque justamente a minha vida deve ser o palco de um choque tão vil. Durante décadas eu me esforcei para viver sem brigas, e durante muito tempo tive sucesso. Já em criança comecei a construir para mim um cotidiano harmônico. Os primeiros anos da minha vida se passaram segundo o esquema a seguir: eu levantava pela manhã, brincava por algum tempo ainda de pijama, e depois tomava o café da manhã com minha mãe. Em seguida eu ia para a rua por meia hora, encontrava meus amigos no parquinho e passeava com um ou com outro às margens próximas do rio, que eu acabei de deixar. Depois eu me separava dos meus amigos, ia para casa e lá era recebido amistosamente por minha mãe. No dia seguinte, a mesma coisa, desde o princípio. Assim minha vida correu nos primeiros anos. Minha mãe parecia estar de acordo com esse andamento, o que no entanto foi um erro. Mas logo foi justamente ela que botou um fim a minha vida pacífica junto a ela em casa e me enfiou em um jardim de infância. De repente, havia vinte e seis crianças estranhas em torno de mim, que eu jamais quisera conhecer. Pela primeira vez aconteceu algo que eu não compreendi. Quer dizer, eu não consegui colocá-lo em consonância com aquilo que acreditava ter entendido da vida e da minha mãe até então. Interrompi essa tentativa de compreensão e procurei por outro começo, que se adequasse melhor àquilo que eu já compreendia. Desse modo, acabou surgindo a ideia de que, de tudo aquilo que acontece, eu compreendo apenas o começo. Em pouco, eu estava enrolado em muitos começos de compreensões que se acumulavam uns sobre os outros e dos quais eu não sabia mais dizer o que eles no fundo deveriam esclarecer para mim. Até hoje interrompo a compreensão, ou melhor, acabo em um clima de espera infantil quando a complicação principia a imperar e eu passo a depender de um novo começo de entendimento. O problema nisso tudo é a gigantesca quantidade daquilo que apreendi apenas inicialmente, que vai aumentando em meu espírito. Eu caminho à margem do rio pela relva seca, que debaixo dos raios do sol já se tornou quase quebradiça. Quando criança, eu passeava sozinho ou com dois amigos pelo mesmo terreno, e durante um meio dia não sentia nada a não ser o toque suave da relva nos joelhos. Eu cuidava para não topar com urtigas, amava a palavra ruibarbo, e principiei a me alimentar de azedinhas e dentes-de-leão. Assim que eu caminhava por aqui, mergulhava em um êxtase interno que jamais voltei a encontrar alhures. Pois a relva à minha volta eu não precisava compreender. É de se supor que já nessas horas eu tenha entrado de modo inimaginavelmente profundo na estranheza da vida, que dura até hoje. Tudo que dura se torna obrigatoriamente estranho. Deixo a paisagem da margem do rio para trás e dobro à esquerda, em direção à via que circunda a cidade. Em um supermercado vou comprar um pãozinho e um pacote de espaguete. Eu passei a comprar apenas dois víveres a cada vez que vou ao supermercado, por exemplo frutas e manteiga, café e leite, ou pão e espaguete. Entrementes, me assusto com cada compra que me custa mais do que dez marcos. Se, por outro lado, levo para casa apenas dois víveres, tenho a sensação de mais uma vez ter agido corretamente. Na Dürerstrasse está sendo aberta uma nova loja de produtos domésticos. Sobre a entrada balançam balões, um funcionário vestido de diretor de circo toca órgão, uma dama oferece canapés, outra serve espumante a todos os que passam. O alcoolismo da rua me atrai, já estou com o segundo copo na mão. Os canapés são de assado frio, presunto e salmão. Se eu proceder de modo correto, poderei resolver o problema do almoço aqui, de passagem, à custa do comércio varejista. Além disso, fico interessado em um mongoloide adolescente, que gira em círculo acompanhando o órgão e batendo palmas. Assim como vários deficientes, também ele usa meinhas listradas horizontalmente e um pulôver demasiado pequeno. Os funcionários da loja de produtos domésticos não deixam escapar que o deficiente atrai mais a atenção das pessoas do que a abertura da loja. Me agrada seu rosto feliz e vazio, sua satisfação de urso exibida de modo ingênuo. Todos se torturam, apenas o deficiente toma sol na felicidade da sua anomalia. Pela segunda vez pego uma fatia de pão branco com assado. Quando o deficiente quer beber espumante, uma mulher de mais idade, provavelmente a mãe, tira de forma abrupta o copo das suas mãos. Ele parece não perceber essa chamada de atenção e continua dançando. Uma vendedora me pergunta se pode me mostrar a seção dos presentes. Oh sim, claro, eu digo e me irrito, por ter deixado me desviar dos meus interesses assim tão rápido. Mas então Susanne se aproxima de mim por trás e me salva.

A gente não se vê nunca, ou então se vê sem parar, ela exclama, e se mete entre a vendedora e eu.

As duas coisas provavelmente não sejam boas, digo eu, e ofereço minha taça a Susanne.

O que você está fazendo a essa hora?, pergunta Susanne.

Estou pensando se devo ou não dar a esse repasto o status de um almoço.

Isso é o que quase todos por aqui estão pensando, diz Susanne.

Você também?

Não, diz Susanne, eu vou ao ROLO DE MACARRÃO, você não quer ir junto?

Isso é um restaurante?

Sim, bem simpático, e não é caro.

Eu devolvo minha taça de espumante à vendedora e me ponho a caminho com Susanne.

Eles têm uma mesa reservada para mim no ROLO DE MACARRÃO, diz Susanne, porque almoço lá umas duas ou três vezes por semana.

Consigo enfiar discretamente um pouco mais fundo em minha sacola de tecido os sapatos que estou testando, porque não quero falar do meu emprego, pelo menos não agora. Susanne está usando uma blusa escura bem estreita e uma saia cinza elegante com alguns botões pretos na prega lateral. Os seios de Susanne nos últimos anos ficaram mais opulentos. Entre seus dentes incisivos se formaram pequenas lacunas. Susanne anda na frente em passo decidido e se queixa dos seus colegas.

Você não acredita, ela diz, como os advogados são entediantes e tacanhos.

Eu observo brevemente um casal jovem ajoelhado diante de uma criança sentada no carrinho, juntos eles comem uma salsicha assada. A ponta da língua de Susanne se desloca do canto esquerdo da boca para o direito e depois volta. Mesmo quando não fala, Susanne não cerra os lábios. O falar revoltado dá forma e penetrância a seu rosto. O ROLO DE MACARRÃO é um restaurante pequeno, quase apertado demais. Em um único e estreito ambiente, há aproximadamente duas dúzias de mesas, das quais cerca da metade está ocupada. Nós nos sentamos perto da janela, eu olho o cardápio. Susanne continua insultando os advogados do seu escritório. Eu contemplo em uma mesa ao lado um homem de mais idade que deixou uma batata cair no chão. Ele tenta empurrar a batata com a ponta do seu sapato direito para debaixo da sua mesa. Penso se Susanne mudará o tema da sua conversa se eu chamar sua atenção para o homem. Em vez disso, ela me diz: Se você já decidiu o que vai pedir, precisa fechar o cardápio para que o garçom saiba que pode vir até nossa mesa. Obediente, eu fecho o cardápio. Meu olhar descansa fixo sobre a batata que caiu no chão. Pouco mais tarde, Susanne pede desculpas.

Não leve minha observação a mal, ela diz, eu hoje pela manhã entrei em contato demasiado longo com a baixeza da vida.

Tudo bem, murmuro.

Susanne toma alguns goles de água e contempla as pessoas que passam lá fora.

A miséria das massas, diz Susanne (ela diz realmente: a miséria das massas, eu fico chocado), reside no fato de que todas essas pobres pessoas não conhecem nenhum ser humano importante em sua vida inteira. Você compreende?

Eu assinto, e também bebo um pouco de água.

Todos esses Wenzels e Schothoffs e Seidels (esses são os nomes dos seus colegas), diz Susanne, conhecem apenas outros Wenzels, Schothoffs e Seidels, e é disso que surge o entusiasmo com o medíocre.

Eu concordo com Susanne, vivazmente.

Susanne pede pasta mista, eu me satisfaço com um risoto barato.

Também eu estou ameaçada pela mediocridade, diz Susanne, ainda que me esforce para sair do caminho de tudo aquilo que é comum. Às vezes fico sentada à noite na cama e sou obrigada a chorar porque jamais poderei atuar no teatro de novo. Com a minha amiga Christa acontece o mesmo. As coisas que ela não pretendia fazer! Queria estudar filosofia, fazer longas viagens. Agora está sentada à margem de um lago artificial fedorento e lê revistas de televisão! E Martina, então! Gasta seu dinheiro em roupas e cosméticos e corre atrás de um garoto que não aceitaria nem mesmo que ela limpasse sua cozinha. E Himmelsbach, então! Você também não o conhece?

Eu assinto.

Himmelsbach é uma catástrofe!, exclama Susanne. Como eu o admirava no passado! Se muda para Paris e quer fotografar para revistas internacionais! Ora, ora!

Eu o vi há algum tempo, digo eu, acho que ele está na pior.

É terrível, diz Susanne, também eu só conheço pessoas medíocres.

Presumo que Susanne logo rirá bufando e dirá na minha cara: E você também não é exatamente importante! Em vez disso, ela conta de duas germanistas, que desde algum tempo trabalham como secretárias em seu escritório.

Elas falam como se sempre tivessem sido secretárias, diz Susanne.

Eu adoraria fazer um elogio a Susanne, mas temo que isso agora soasse como um consolo. Susanne suspira e baixa os olhos para seu colar de pérolas.

Uma sorte que eu tenha de trabalhar hoje à tarde, do contrário tomaria um porre agora.

Como assim?, eu pergunto em voz baixa.

Porque estou tão deprimida.

E como você pretende, eu pergunto, organizar o contato regular das massas com pessoas importantes?

Susanne olha para mim.

Você vai querer alojar em cada prédio de aluguel um homem importante ou uma mulher importante, com horários de consulta abertos diariamente das dez à uma, exceto às quintas-feiras? Ou um homem importante deverá aparecer no conselho do bairro uma vez por semana e dar informações sobre o que é importância e como se pode fazer parte dela?

Susanne dá uma gargalhada. Você não está me levando a sério!, ela diz.

É claro que estou levando você a sério!, digo eu; só estou pensando em como se pode botar as massas em contato com pessoas importantes, é o que está faltando, você mesma acabou de dizer.

Mas em todo caso não do jeito como você imagina, diz Susanne.

Mas como, então?

Sim, sim, murmura Susanne com algum desprezo, já estou percebendo que mais uma vez apenas sonhei em voz alta. Mas graças a Deus,
pelo menos posso conversar sobre meus absurdos com você!

Susanne ri. Nós levantamos as taças e bebemos. Estou contente
com o fato de o clima um tanto sério demais ter mudado. Quer dizer,
minha situação pessoal, no que diz respeito a Susanne, talvez esteja
mais séria do que antes. Sua observação de que comigo ela pelo menos
pode falar sobre os absurdos dos seus sonhos ou sobre sonhos de absurdos agora me parece um sinal de que ela ao fim das contas não me acha
medíocre. Nós pagamos e saímos. Eu a acompanho de volta ao escritório.

Você ouviu?, pergunta Susanne lá fora, você é o único ser humano
com quem eu posso falar sobre minhas lástimas esquisitas!

Susanne fica parada e me olha de um modo um tanto dramático. Eu
assinto. Certamente vivenciarei cenas como essa com mais frequência
se me meter com Susanne. Logo já estou pensando que continuo não
sentindo nenhum desejo especial por uma mulher. Quer dizer, também
não posso caracterizar a minha situação de modo tão simples assim. É
claro que eu quero uma mulher, mas com meus agora quarenta e seis
anos me sinto velho demais, ou antes desgastado demais, para o papel
de um homem que pretende bancar o amante de novo. Não consigo mais
falar como um homem assim, não consigo mais me comportar como
um homem assim. Só me aproximei de novo de Susanne por acaso. Mas
também minha proximidade casual me faz sentir por quem Susanne no
fundo está esperando: por um homem capaz, interessante, um homem
de sucesso. O homem que se encontra à mão apenas por acaso (eu) passa
seu tempo com ela e percebe que o homem desejado/almejado/sonhado
por Susanne não entra em sua vida. Só por isso a Susanne remanes-
cente se une ao homem que apenas por acaso se encontra a mão, ou seja,

comigo. O que dificulta ainda mais as coisas é que Susanne no fundo é bonita demais para mim. Mulheres realmente bonitas me levam sempre a um único pensamento: para essa você não é bom o suficiente. Só diante de mulheres menos bonitas e menos inteligentes é que eu penso, estas são como você, elas não irão ficar admiradas quando eu me ocupar delas. Mesmo assim, eu agora caminho como um homem que cuida para que Susanne não precise se desviar muitas vezes dos passantes que vêm a seu encontro. Susanne diz que à tarde terá de reunir os autos de um processo que amanhã pela manhã será assumido por seus sócios no tribunal estadual. Ela fala com certo desdém na voz. Nós agora caminhamos contra o sol. Susanne tira um óculos de sol preto da sua bolsa e o usa. O falar sofrido me dispõe fortemente a seu favor. Ela realmente agora se parece com uma atriz que não deseja falar do seu sucesso no passado. Não posso pensar no fato de Susanne na verdade ter feito um *único* papel, que no fundo nem sequer chegou a ser um papel de verdade. Susanne, que na época tinha vinte e quatro anos, era amante de um homem também jovem, que praticamente não tinha profissão, mas considerava ser um homem de futuro no teatro. Ele gastou toda uma herança (seu pai era dentista) na fundação de um teatro de apenas um cômodo e permitiu que Susanne se apresentasse nele. O amante dela era um leigo igual a ela. Foi um encontro de dois amadores, que se apresentavam como profissionais, sem contestação da realidade. Quer dizer, depois de mais ou menos dois anos, essa contestação acabou chegando. A fortuna do amante havia sido gasta, não apareciam espectadores em número suficiente, o teatro precisou ser fechado. O fim do teatro foi também o fim da carreira de atriz de Susanne. Mas no momento parece que essa história jamais foi verdadeira. Susanne se consome a passo rápido e com uma melancolia delirante. É como se o seu luto a qualquer hora pudesse exigir dela que sua história comece mais uma vez do princípio. Mas agora, diz Susanne diante das portas do escritório, agora eu volto a entrar na realidade! Ela ri brevemente, se vira e desaparece.

Eu sigo adiante em direção ao mercado público. Lá, perto da Rheinstrasse, há alguns estandes com animais vivos para abate. É nesse lugar que eu me sentarei em um banco e pensarei o que devo fazer. Provavelmente a própria Susanne não saiba se deve me considerar medíocre ou talvez até mesmo importante. Pouco antes da Rheinstrasse, vem a meu encontro Scheuermann, meu antigo professor de piano. Ele diminui o ritmo dos seus passos, talvez queira conversar comigo, mas eu consigo escapar dele. Há cerca de vinte e dois anos Scheuermann me deu uma única aula de piano. Poderiam ter sido mais, mas depois da primeira aula eu próprio fiquei tão constrangido comigo mesmo que declarei as aulas de piano encerradas. Suponho que Scheuermann até hoje gostaria de me dizer que eu não devo ser tão severo comigo mesmo, e que as aulas de piano podem ser retomadas a qualquer hora. Da Rheinstrasse vem um cheiro de spray de cabelo, gasolina, linguiça assada, fumaça e esterco de frango. Em meio ao barulho do trânsito, ouço o piar dos pintinhos, que ficam em suas gaiolas rasas sobre o chão. Nas proximidades de um estande com gansos e frangos, eu me sento em um banco. À minha volta não há ninguém capaz de afugentar meus pensamentos constrangedores sobre se eu sou importante o suficiente para Susanne ou não. Muito embora a resposta a isso seja simples: pela minha formação, eu poderia ser importante, pela minha situação, não. Verdadeiramente importante são apenas pessoas que conseguiram fundir seu conhecimento individual e sua posição na vida. Pessoas de fora como eu, que apenas são cultas, não são nada a não ser mendigos modernos, aos quais ninguém diz onde devem se esconder. Para me recuperar dos meus esclarecimentos estúpidos, contemplo uma cadeirante de mais idade, que estaciona sua cadeira de rodas debaixo de uma tenda sobressalente e, sempre sentada, come uma linguiça assada. Me confunde que, depois de tantos anos, eu continue pensando se devo ou não me aproximar de Susanne, e que o estopim dessa reflexão seja apenas um encontro casual durante a pausa de Susanne para o almoço. Conheço os seios de Susanne por assim dizer desde a infância, mas por muitos anos não os vi nem os toquei, e por isso talvez não consiga mais imaginar que os conheça. Como é esquisita tão-somente a ideia de querer "conhecer" os seios de uma mulher! Em meio a essas situações estranhas, perco a vontade de continuar considerando a vida digna de ser prosseguida. Talvez eu também devesse comer uma linguiça assada. Não tenho mais fome, mas durante o mastigar de uma linguiça assada talvez me ocorra uma palavra para a estranheza geral de toda uma vida. Não sou o único a contemplar pequenos animais quando sua própria vida faz uma parada. No rosto contraído de mulheres e homens solitários pode ser visto com facilidade que eles jamais comprarão um frango. Eles apenas ficam parados, mudos, diante das gaiolas, e esperam que lhes venha de repente uma ideia esclarecedora. Há meio minuto duas mulheres de mais idade estão sentadas a meu lado no banco e falam sobre flores de sacada e problemas de adubo.

Só a hera é que dura a ponto de resistir ao inverno, uma delas diz.

Sim, é verdade, diz a outra, mas para mim a hera cresce rápido demais.

Não quero ouvir a conversa das duas mulheres e por isso me afasto delas. Em um estande de aves, uma camponesa aperta contra as grades de cada uma das gaiolas um ou dois tomates que os animais da parte interna devoram a bicadas em pouco tempo. De repente, a expressão "dura a ponto de resistir ao inverno" volta à minha consciência. Eu me pergunto se eu mesmo sou duro a ponto de resistir ao inverno. Não sou; pelo contrário, sempre me faltou muito para ser duro a ponto de resistir ao inverno, eu nem sequer sou duro a ponto de resistir ao verão!

Com uma mulher de qualquer modo eu sou/seria um pouco mais duro e resistente do que sem ela. Será possível que a expressão ouvida por acaso seja para mim o fator decisivo que me fará voltar de novo para Susanne? Mais uma vez a estranheza geral de toda uma vida perpassa meu interior. Começa a chuviscar de leve. Eu paro debaixo do telhado de lona, debaixo do qual a deficiente continua estacionada. Ela comeu sua linguiça assada nesse meio tempo. Ela contempla imóvel a crista de um galo que treme sem parar. Em seguida, ela abre sua bolsa e tira de dentro dela um rolo de plástico para embalar alimentos. A mulher o desdobra e se enrola completamente no plástico do rolo. Ela não se incomoda com o fato de serem apenas alguns pingos contra os quais ela se protege de modo tão veemente. Por fim, ela usa um capuz de plástico sobre a cabeça e liga o motor elétrico da sua cadeira de rodas. Logo em seguida ela zune daqui, uma composição exageradamente compactada. Sigo-a com os olhos enquanto consigo vê-la. Depois, também vou para casa. Preciso digitar com urgência o parecer para Habedank, e tenho a sensação de que conseguirei fazê-lo hoje à tarde. Inclusive fico feliz em voltar para casa, o que já há tempo não era o caso. Mas quando estou cansado de um modo pelo menos razoavelmente decente como agora, consigo parar de suspeitar da minha vida.

6

Pouco depois do café da manhã eu deixo a casa carregando duas sacolas de tecido. Em cada uma delas há três pares dos sapatos que usei no teste, na sacola da esquerda constam seis pareceres, cada um com duas ou até duas páginas e meia de extensão. É uma manhã de verão cálida, quase clara demais. As andorinhas voam verticalmente pelas paredes dos prédios acima, e em seguida dobram para o lado, sobre os telhados, ou continuam voando no alto azul do céu. Eu gostaria de ficar parado e contemplar seu voo, já que não posso imitá-las. Mas tenho um compromisso. Tenho hora marcada com Habedank às dez. Na praça Ebert embarco na Linha S 7 e ando até Hollenstein. Lá fica, não muito distante da estação do bonde expresso, a manufatura de calçados Weisshuhn. No escritório da gerência, encontrarei Habedank para lhe entregar os sapatos mais os pareceres. Conversarei cerca de quarenta e cinco minutos com Habedank, primeiro vinte minutos sobre os sapatos que testei, o resto do tempo sobre miniaturas elétricas de trem. Em seguida, Habedank me entregará em mãos mais três ou quatro pares de sapatos novos, e eu irei para casa. Ainda que esse decurso já me seja familiar há anos, a cada vez sinto um leve nervosismo. Ele se deve à minha presunção, que começo a perceber mais nitidamente do que de costume em saídas como essa, já no instante em que chego em casa. Herdei essa presunção da minha mãe. Assim como ela, eu acredito que não vale a pena ficar olhando para o mundo uma vida inteira. No passado, eu lutava contra os efeitos da presunção, hoje não mais. É claro que quando estou com Habedank preciso me esforçar de modo especial. Ele não deve perceber nada da minha presunção. Acha que miniaturas elétricas de trem são também o meu hobby, e acha que eu até hoje leio, exatamente como ele, revistas especializadas sobre os produtos do passado, sobretudo da Trix e da Fleischmann. Ele não percebe que eu de novo e de novo volto a invocar apenas para ele um conhecimento estacionado já desde a minha infância. Também pode ser que Habedank me conte uma história das mais áridas, que eu ouço com um interesse cheio de experiência. Há três semanas ele precisou de quase dez minutos para me narrar o final das suas férias. Ele havia, durante a viagem inteira da Itália à Alemanha, sido obrigado a pensar que a gasolina do carro terminaria. Mas então, apesar de tudo, acabou chegando sem incidentes até a porta da sua casa. Isso já foi/é toda a história. Fiquei sentado durante dez minutos imóvel diante da sua escrivaninha e ri feliz quando Habedank exclamou, ao fim da sua história: A gasosa foi suficiente! Imagine só isso! A gasosa foi suficiente! Minha presunção consiste em uma colisão quase permanente entre humildade e nojo. As duas forças têm mais ou menos a mesma potência. Por um lado, a humildade me alerta: justamente às histórias mais idiotas dos seus próximos é que você deve dar ouvidos! E ao mesmo tempo o nojo me espicaça: se você não fugir agora, vai sucumbir às exalações dos seus próximos! A droga é que as colisões jamais permitem que se chegue a um resultado. Eles apenas se repetem sem parar. Em uma dessas repetições eu me encontro, enquanto me aproximo do escritório de Habedank. Imagino estar preparado para tudo, e ao mesmo tempo sou obrigado a rir comigo mesmo do que estou imaginando. Habedank e o comprador Oppau conseguiram impor que no escritório não se fumasse. Por isso, a senhora Fischedick, uma compradora, contumaz fumante, caminha de um lado a outro fora do escritório, fumando e sorrindo. Ela ergue os braços e acena para mim. Percebo que a senhora Fischedick gostaria de estar no escritório quando eu falar com Habedank. Ela apaga seu cigarro e entra no escritório logo depois de mim.

Habedank está sentado à sua escrivaninha negra e longa, e se levanta ao me ver.

Ahhh! Nosso testador mestre!, ele exclama.

Minha presunção sorri de leve. Eu ando sobre um piso de carpete macio e cinzento. Ao longo das paredes, uma iluminação indireta clareia o ambiente. As persianas das janelas estão fechadas, uma luz suave domina, controlada pelo *dimmer*. À esquerda fica a escrivaninha do senhor Oppau, à direita a da senhora Fischedick, à testa a de Habedank. Ele abre seu paletó. Eu vejo uma mancha de sangue do tamanho de uma mão sobre o peito da sua camisa. Fixo os olhos em Habedank, Habedank fixa os olhos em mim.

Eu lamentavelmente fui baleado, diz Habedank.

Por quem?, eu pergunto.

Por um testador fuzilado do emprego.

Oh, eu murmuro.

Senhor Habedank, senhor Habedank, diz a senhora Fischedick.

O que o senhor acha do banho de sangue?, pergunta-me Habedank, e afunda em sua cadeira giratória.

Não acredite nele!, diz a senhora Fischedick.

O senhor Habedank está entre as muitas pessoas que mereceram uma morte natural, diz o senhor Oppau.

A última observação me agrada, eu sento na cadeira reservada aos visitantes e boto meus pareceres sobre a mesa de Habedank.

Foi só uma caneta hidrográfica que vazou no bolso da minha camisa, diz Habedank.

Eu não comento essa observação. Habedank folheia os pareceres. Eu pego, de dentro das minhas sacolas, um par de full-brogues costurados à sola e os sapatos de couro de cavalo e explico com riqueza de detalhes porque os considero os melhores pares da última remessa. Habedank, Oppau e a senhora Fischedick me ouvem com atenção. Eu começo a imaginar que é um prazer me ouvir falando sobre sapatos. Provavelmente não é um acaso que eu fale de sapatos como se fossem uma extensão do corpo humano. Quem, assim como eu, é obrigado a viver sem ter concedido a autorização para esta vida, está por motivo de fuga sempre na estrada, e por isso dá muito valor aos sapatos. Eu poderia dizer, mas me limito a pensar: os sapatos são o melhor em mim. Sobre os outros sapatos, que me parecem modelados com alguma deficiência, eu falo apenas brevemente. É sempre a mesma coisa: eles são apertados demais e emendados de modo demasiado duro, as costuras se encontram nos lugares errados, a elegância é alcançada à custa do conforto. Habedank apalpa os sapatos, enquanto eu falo deles. Por um momento, tenho a impressão de que o meu trabalho é importante e sensato. Não conheço nenhum outro trabalho no qual as sensações de um homem isolado (representando as sensações dos outros) têm um papel tão fundamental. Ao final das minhas explicações, Habedank tira o talão de cheques da sua gaveta. A empresa Weisshuhn me paga duzentos marcos por parecer. Isso significa que Habedank está colocando um cheque de mil e duzentos marcos sobre a escrivaninha. Depois disso, ele leva as mãos para trás de si e bota um novo par de sapatos sobre o tampo da mesa. Já por sua forma, consigo ver de qual cortador eles vêm. Boto os sapatos em minha sacola de tecido. Agora demorará apenas alguns segundos, e Habedank me intimará a tomar um cafezinho com ele. Então vamos falar sobre miniaturas elétricas de trem dos anos cinquenta.

A empresa lamentavelmente precisa cortar despesas, diz ele em vez disso.

Não me ocorre nada que eu pudesse dizer; e assim espero por sua próxima frase.

Quero dizer, diz Habedank, que no futuro eu poderei lhe pagar apenas cinquenta marcos por unidade de teste, ou seja, por par de sapatos. Mas isso representa um corte bem drástico, digo eu.

A situação mudou.

Assim de repente?

Sim, diz Habedank, a concorrência está cada vez mais forte; o luxo prospera, outras empresas também estão percebendo.

Ah tá, murmuro eu.

Para compensar, o senhor poderá ficar com os sapatos testados, diz Habedank.

Agora tudo está em silêncio no escritório. De repente, eu descubro porque a senhora Fischedick e o senhor Oppau não saíram da sala durante aquele tempo todo. Eles queriam ouvir como Habedank se expressaria, queriam ver como eu encaro o rebaixamento. Mas não há nada interessante a ver. Eu apenas penso se Habedank no fundo não queria me comunicar que eu mesmo deveria desistir do emprego. Mas por que, então, me entregou quatro novos pares de sapatos? Ao que parece, também para o futuro darão importância ao meu trabalho, de qualquer modo apenas por um quarto do antigo valor pago, se eu desconsiderar o brinde em mercadoria. Mas o que poderei fazer com tantos sapatos novos? Terei de armazená-los, ou então dá-los de presente.

Lamento, diz Habedank, não fui eu que decidi essa redução nos honorários, apenas fui designado a comunicá-la ao senhor.

Eu assinto. Tomadas as coisas exatamente, não chego a estar surpreso. São situações assim que contribuíram para o surgimento dessa sensação de estar vivendo sem autorização interna. Situações desse tipo eu já vivenciei muitas vezes. Não tenho nem sequer vontade de repetir as frases que já pensei em tantos momentos, depois de vivências como essa, e que poderia voltar a pensar também agora. O infortúnio é entediante. Espero para ver se Habedank me convida a tomar um cafezinho com ele na cantina. Mas o convite não é feito. Ao que parece, isso indica certa compreensão pelo meu estado. Habedank embola um tanto de papel celofane e o bota sobre o tampo da escrivaninha. A pelota amassada se abre lentamente farfalhando. No momento em que eu gostaria de parar de ouvir aquele farfalhar, me levanto e digo a Habedank: Em duas semanas o senhor terá os novos pareceres.

Um minuto mais tarde, estou esperando pelo bonde expresso com o qual irei para casa. Em um quiosque de batatas fritas, um deficiente físico compra uma lata de cerveja. O homem não tem braços, mas em compensação tem mãos, que cresceram bem próximas dos ombros. A quatro passos de mim, dois corvos tentam arrebentar com seus bicos um saco plástico cheio de lixo. Com a mão do ombro direito (ou será que eu deveria dizer ombro da mão?), o deficiente aperta a lata de cerveja contra o pescoço e a abre com os dentes. Os corvos conseguem abrir o saco plástico. Imediatamente, cascas de laranja, potes de iogurte e caixas de pizza voam pela calçada. A miséria pública é asquerosa, mas também expressa meu horror. Existe uma deterioração geral ou não existe uma deterioração geral? Para ambas as possibilidades eu vejo numerosos indícios. Olho para o lixo e decido: existe uma deterioração geral. Espero pelo dia em que tudo o que vive confessará seu ridículo. Uma mãe com um carrinho de bebê aparece na base da escadaria da estação do bonde. A criança mordisca um balão com seus dentes pequenos e pontudos. Quando os dentes resvalam na borracha, ouve-se um ruído rangente e chiante, que há alguns anos ainda eu não conseguia suportar. Então a linha S 7 aparece zunindo. A mãe com o carrinho de bebê espera que eu lhe abra a porta do bonde expresso. Não sei como foi que consegui fazer com que os ruídos de fricção entre dentes e borracha não me incomodassem mais. Vejo nisso um sinal de esperança. Ao que tudo indica, também há resistências que em algum momento se acabam. Isso poderia significar que eu estou, sim, me aproximando do dia em que poderei viver *com* autorização interna. Retiro minha constatação anterior, e decido novamente: não existe deterioração geral. Não ouso alertar a mãe para o susto que a criança levará se o balão estourar. Precisaria ser uma observação com graça *e* advertência. Mas eu não encontro palavras que possam unir brincadeira e alerta de modo elegante, e ao mesmo tempo esconder meu medo. Já na noite de ontem, na cama, pouco antes de adormecer, eu sabia que em minha carteira ainda havia dois bilhetes do bonde expresso, dos quais agora tiro o segundo e enfio na máquina validadora. Como os maiores infortúnios estão embutidos nas ações mais cuidadosas! É de se supor que terei de abrir mão do emprego na Weisshuhn. A humilhação de trabalhar por apenas um quarto dos honorários anteriores é forte demais, até mesmo para homens tolerantes como eu. É de se supor também que não encontrarei mais Habedank. Como de costume, vou testar os quatro pares de sapato que ele me entregou, e depois enviá-los de volta a ele pelo correio, junto com os pareceres. Deixo o bonde expresso na praça Ebert, e faço menção de desaparecer rapidamente à esquerda, entrando na Gutleutstrasse. Então Regine vem ao meu encontro. Ela me dá a mão e me beija na face. Regine é só um pouco mais nova do que eu. Eu me admiro com a jovialidade dela. Ela pergunta o que ando fazendo, eu respondo de modo evasivo, coisa que ela logo percebe.

Você não precisa fingir comigo, diz ela.

Que ótimo, digo eu.

Mesmo assim você não vai me dizer o que anda fazendo?

Acabo de perder o emprego, digo eu.

Oh, murmura Regine.

Trabalhei junto com Regine há alguns anos, quando nós dois ainda éramos entrevistadores. Lembro-me de uma tarde na qual ela me interrogou primeiro, durante uma hora, sobre lenços de papel, depois eu a interroguei sobre malas de plástico. A agência, porém, lamentavelmente acabou com as entrevistas longas e as substituiu por pesquisas de rua. Depois disso, nós éramos obrigados a nos postar diante de lojas, instituições públicas e escolas, e interrogar as pessoas sobre a política de impostos e sobre revistas de televisão. Isso nós dois não queríamos. Assim nossos caminhos acabaram se separando.

Você está trabalhando no momento?, eu pergunto.

Estou fazendo um curso de acompanhamento a pacientes terminais, diz Regine.

Oh, eu murmuro, e sou obrigado a rir de leve.

É uma coisa séria, diz Regine.

Eu gostaria de perguntar o que se aprende em um curso desses, mas não me atrevo.

E, em vez disso, pergunto: Você está gostando?

Há alguns dias eles quiseram me fazer acompanhar pela primeira vez um homem de noventa e um anos, mas a mulher me mandou embora depois de meia hora.

Agora nós dois rimos e nos olhamos sem nos ver.

Você provavelmente pareceu a ela como a morte em pessoa, eu digo.

Eu nunca vi as coisas desse modo.

Na condição de moribundo, a gente certamente se ofende com todos os que continuam vivendo, digo eu.

Você fala, diz Regine, como se já tivesse morrido alguma vez.

Mas é claro, digo eu, várias vezes, você por acaso não?

Nós rimos, e eu não sei se Regine compreende minha última afirmação. Ela me estende a mão, e se despede.

Me liga qualquer hora dessas, diz ela, já indo embora.

Eu não preciso de uma acompanhante nessas condições, quero gritar atrás dela, mas consigo evitar a frase no último momento.

Pouco depois, me dou conta de que Regine e eu chegamos a morrer *juntos* uma vez. Eu a entrevistei primeiro, sobre férias e viagens a lugares distantes, então ela me entrevistou sobre conservas e pratos prontos. Depois ficamos deitados exaustos sobre o tapete. Tomamos meia garrafa de vinho e falamos besteira até que as pálpebras dos nossos olhos começaram a se fechar. Quando acordamos, tiramos a roupa e dormimos juntos. Então aconteceu algo estranho. Regine estava deitada ao meu lado e contemplava seu tronco nu. Por um momento, não percebi que ela estava silenciosa e triste. Ela me instou a olhar para seus seios. Era o que já estava fazendo o tempo inteiro, eu respondi, se não me engano. Mas ao que parece não com a devida exatidão, ela disse. Aonde você quer chegar?, eu perguntei. Você percebeu que os bicos dos meus seios, que você diz olhar, não ficam mais em pé? Regine tinha bicos grandes e alongados, dos quais sentia orgulho. O fato de eles ficarem em pé em situações eróticas sempre foi para ela uma prova da sua vitalidade. Agora eles ficavam um pouco de lado, ou derrubados, ou então escondidos dentro da auréola. Eu havia percebido a mudança, mas a considerara insignificante. Só aos poucos, passei a perceber que Regine se mostrava incomodada fisicamente. Então eu ainda disse que ela não deveria dar tanta importância aos bicos dos seus seios. Nesse instante nós emudecemos juntos primeiro, e depois morremos juntos como casal.

Em casa abro as janelas, me deito no chão e ligo a televisão. Fisgo um documentário sobre o patola-de-pés-azuis das ilhas Galápagos. É um pássaro grande de penas brancas e pés azuis. Se parece com um ganso e se movimenta do mesmo jeito apalermado. Nas ilhas Galápagos ele encontra o lugar ideal para a procriação, diz o narrador. O pássaro faz seus ninhos no chão, as águas do entorno são limpas e ricas em peixe. Ele se chama patola porque precisa de uma pista longa para levantar seu voo, e na corrida é obrigado a mexer seu corpo opulento de modo deselegante. Eu gosto do patola-de-pés-azuis, no momento eu mesmo gostaria de ser um deles. Que também passassem a me chamar de patola na televisão, pouco me importaria, porque na condição de patola-de-pés-azuis eu enfim nada mais saberia das palavras e dos seus significados. É possível que os corpos brancos maravilhosos do pássaro lembrem o corpo pequeno e branco de Margot. Talvez também o encontro com Regine tenha culpa no fato de eu de repente sentir desejo de ter uma mulher. Desligo a televisão. Um botão da minha camisa se solta e rola pelo chão. Eu o sigo com os olhos até que ele caia e fique deitado, imóvel. Através das paredes ouço como as crianças do apartamento ao lado dizem cuzão de merda e porca burra uma para a outra. Isto é, elas pulam e correm pelo cômodo gritando uma contra a outra as palavras cuzão de merda e porca burra. Assim devem ter sido as crianças que deixaram Lisa doente. Eu gostaria de telefonar a Lisa e lhe perguntar como ela está, mas não gostaria que Renate atendesse e eu precisasse falar com ela. Inerte, ouço repetirem cuzão de merda, cuzão de merda no apartamento vizinho. Entre os sapatos novos que Habedank me entregou, há um par praticamente impagável de *loafers* costurados à sola de *chevreau* genuíno. É uma delícia usá-los. Passa um pouco das três da tarde. Possivelmente Margot agora não tenha mais clientes, e esteja tomando um prato de sopa na pia do meio. O gato deve estar deitado na pia à esquerda, dormindo. Saio de casa, e vou até Margot. É provável que ela se surpreenda por voltar a me ver tão rápido assim. Ando atrás de uma japonesa que come uma maçã enquanto segue adiante. A maçã é pequena, combina com as mãos da japonesa, que também são pequenas, e com sua boca, que é tão pequena que mal chama a atenção como boca. Depois de algum tempo a maçã foi toda consumida, a japonesa segura o caroço da maçã nas pequenas mãos. Ou será que se chama o bagaço da maçã? Se não me engano, quando eu era criança dizia bagaço da maçã, posteriormente cada vez mais digo caroço da maçã. Ou será que foi o contrário? Por que passei de bagaço de maçã a caroço de maçã, se de um ponto de vista atual não havia a menor necessidade de fazê-lo? A japonesa enrola o caroço da maçã em um lenço de papel. Eu devo dobrar à esquerda, mas como quero ver o que a japonesa agora vai fazer com o caroço da maçã (bagaço da maçã), me comporto um pouco como se fosse um malandro de esquina, e fico olhado em torno. Respeito admirável diante do desconhecido! A japonesa não tem coragem de simplesmente jogar o bagaço de maçã (caroço de maçã) na rua ou no jardim de uma das casas. Ela guarda o resto da maçã em sua bolsa minúscula, que também por isso poderia se chamar de bolsa de caroços de maçã. Faltam apenas poucos passos até o salão de beleza de Margot. Um leve tremor nos joelhos me revela que estou nervoso. Na vitrine do salão de Margot, todas as luzes de neon estão acesas. Então a porta se abre e do salão de Margot sai Himmelsbach. Isso não deveria ter acontecido. Himmelsbach dobra à direita, de modo que não chega a me ver. De imediato, fica claro que eu agora não posso ir também até Margot. É provável que eu não o possa nunca mais. Não consigo identificar se Himmelsbach cortou seus cabelos ou não. Em voz baixa e sem consequência praguejo por alguns instantes contra os sigilos da vida. Já uma esquina adiante me ocorre que eu próprio estaria morto há tempo sem esses sigilos. No fundamento dessa contradição, reconheço por alguns instantes o tecido da minha loucura. Se você um dia endoidecer, eu penso, então essa tesoura que sempre se abre para em seguida se fechar terá cortado você em pedacinhos. Himmelsbach usa um chapéu escuro de abas moles e largas. Essas manias ridículas de artista! Lamentavelmente fico com ciúmes, mesmo estando na rua. Ao mesmo tempo, sinto pena de Himmelsbach. Ele parece ainda mais decadente do que nos últimos dias. Sigo atrás de Himmelsbach sem qualquer plano por algum tempo. Talvez ele tire o chapéu em algum momento, aí eu poderia ter certeza. Ele não pode me ver de jeito nenhum, eu não gostaria de falar com ele. Ele também não pode saber que estou pensando sobre ele e Margot. O melhor seria que Himmelsbach se sentasse em algum lugar, tirasse o chapéu e pensasse e refletisse um pouco. Mas Himmelsbach não descansa e não para em nenhum momento para pensar, isso são hábitos meus, não dele. A calça que ele usa parece ter sido alugada. Himmelsbach bota a mão no bolso do seu casaco e tira de dentro dele algumas sementes de girassol. Ele as abre individualmente com os dentes incisivos, e em seguida chega ao grão macio usando as unhas. Lamentavelmente me pergunto se Margot é uma dessas mulheres que melhora seus ganhos com prostituição eventual. Tudo isso muito embora eu não sinta a menor vontade de pensar em problemas. Já fiz isso vezes demais em minha vida, entrementes me sinto demasiado velho para tanto. Procuro algo que me distraia. Eu gostaria pelo menos de andar às margens do rio, e de quando em quando levantar os olhos para a copa de uma árvore e observar a luz entre as folhas. Mas as margens do rio no momento não estão à mão, e eu preciso me contentar com as ruas comuns do subúrbio. Preciso evitar o ponto em que minha vida se tornará suportável apenas enquanto eu estiver andando por aí. No modo como Himmelsbach caminha não consigo reconhecer se ele acabou de ter uma relação sexual ou não. Tento me cindir em duas pessoas provisoriamente, um estroina que perdeu emprego e mulher no dia de hoje, e um sonhador ativo que não quer saber de nada disso. A cisão é bem-sucedida, ao menos por algum tempo.

Logo percebo o cheiro forte das flores de tília que deve haver por perto. Em seguida aparece saindo do meio dos carros estacionados um cachorro vesgo. Eu nem sequer sabia que existiam cachorros vesgos. O cachorro passa trotando por mim, consigo olhá-lo tão pouco nos olhos quanto nos de um homem vesgo. Eu lhe sou muito grato pela distração que ele me proporciona. Também a uma professora sou grato, pelo mesmo motivo. Ela está parada com uma dúzia de estudantes junto a um ponto do bonde. De repente, a professora diz às crianças: Não ocupem o lugar de outras pessoas, mas postem-se de modo a economizar espaço! Essa observação imediatamente faz com que eu me volte contra a professora. Consigo sentir uma indignação interna que há muito não sentia. Postem-se de modo a economizar espaço, eu murmuro comigo mesmo, é com frases assim que a miséria começa. A professora trata as crianças como guarda-chuvas ou cadeiras dobráveis, que conforme a necessidade podem ser enfiadas aqui ou ali. É de se admirar que os seres humanos desde a infância se recusem à autorização para a vida? Então a cisão da minha consciência já volta a ceder. As vivências rechaçadas começam a retornar aos poucos. Meu andar agora não é mais do que uma interação estranha entre melancolia e paralisia. Confesso a mim mesmo, seria doloroso não poder voltar a ver Margot. Praguejo contra ela, mas não me sinto melhor por causa disso. Querida Margot, você precisava me magoar justamente com Himmelsbach? Recordo-me de uma máxima que pensei acerca de enfermeiras, secretárias e cabeleireiras quando tinha dezesseis anos: Burra fode bem. A máxima não é minha, eu apenas a repetia, na época eu não tinha a menor noção acerca de enfermeiras, secretárias, cabeleireiras e quaisquer outras mulheres. Tento imputar a recordação da máxima ao meu duplo que se cindiu de mim, lamentavelmente sem sucesso. Sou eu que suspiro ante a máxima, mais ninguém. O que eu gostaria mesmo seria ir correndo logo para

Margot e asseverar como eu era indizivelmente ingênuo aos dezesseis anos. Pelo menos acabei perdendo Himmelsbach de vista durante toda essa confusão. Pergunto-me se os humores que me perpassam no momento fazem parte da minha vida ou não. Estou tão ausente e tão fraco, que bato o joelho direito em um dos carros estacionados. Incomodam-me duas crianças que cruzam meu caminho e dizem chocô em vez de chocolate. Espero não ficar parado e aconselhar as crianças a, por minha causa, dizer por favor chocolate. Seria esse o começo da loucura? Mas não quero me queixar nem repreender. A queixa e a repreensão são as ocupações preferidas de noventa e cinco por cento da humanidade, com os quais minha presunção não quer ter nada a ver. Quero apenas expressar minha danação diária e então seguir a vida. Não, não é da danação, é da estranheza do dia que eu quero me livrar. Como é possível que eu sinta falta de uma cabeleireira que encontrei apenas meia dúzia de vezes, e da qual mal sei alguma coisa mais do que seu nome, que eu esteja com ciúmes de um fotógrafo meio decrépito e que eu lamente ter perdido um emprego que de qualquer modo não me sustentou, e tudo isso em apenas um único dia? A mim me parece como se eu não devesse ir para casa sob a impressão dessa estranheza. Sento-me em um banco de madeira e olho para a moita ao lado do banco. Ela me agrada, porque não expressa nada a não ser a sua própria insistência. Eu gostaria de ser como essa moita. Está todos os dias aí, mostra resistência ao não desaparecer, não se queixa, não fala, não precisa de nada, é praticamente inexpugnável. Sinto vontade de tirar meu casaco e jogá-lo, fazendo-o descrever um arco, sobre a moita. Desse modo, eu talvez pudesse tomar parte na força de resistência da moita. Já a palavra moita me deixa impressionado. Talvez seja *a* palavra para a estranheza geral de toda vida, a palavra pela qual já procuro há tanto tempo. A moita expressa minha dor sem que eu me esforce. Olho para a confusão empoeirada das suas folhas, nas quais a merda dos passarinhos escorre ou já endureceu, olho para os vários galhos quebrados ou arrancados por crianças, que apesar disso não se mostram desanimados, e para os restos torturantes que se juntam em torno das raízes dos arbustos, e mesmo assim não os influenciam. Se a sensação de estranheza um dia se tornar forte demais, eu virei até aqui e jogarei meu casaco sobre a moita. Eu gostaria de ver o casaco jazendo entre os galhos como se fosse um sinal. A imagem será bastante clara, e mesmo assim ninguém a reconhecerá. Eu poderei, sempre que quiser, passar pelo casaco e admirar como, através da constante ação da dor, e ainda que mais velho e pouco vistoso, na verdade o casaco vai se tornando tão inexpugnável quanto a moita. Eu, ao contrário, admirarei o casaco como meu duplo que sobreviveu, e enquanto isso, pelo menos de quando em vez, não sentirei dor. Não consigo excluir de modo terminante a possibilidade de, talvez *neste* instante, estar ficando louco. Certo é, em todo caso, que terei me tornado louco quando de fato tiver jogado meu casaco sobre a moita. E por enquanto ainda não cheguei lá. Eu gosto de imaginar uma loucura fingida, que me ajuda a viver sem ser tocado. De quando em quando, apenas por alguns minutos, a loucura fingida deveria se transformar em genuína, e aumentar minha distância em relação à realidade. No fundo, deveria ser possível para mim a qualquer momento voltar para a brincadeira, assim que a loucura genuína se aproximasse demais. É de se supor que assim ficará demonstrado que os homens só podem ser felizes quando podem escolher, a qualquer momento, entre a loucura fingida e a genuína. De qualquer modo, já observei com frequência que as pessoas têm uma tendência natural à doença mental. Admiro-me com o fato de várias pessoas não confessarem enfim que sua normalidade é apenas fingida. Também a família que acaba de passar por mim está coletivamente louca. Um homem, uma mulher e uma avó se divertem à custa de uma criança. A criança ainda é pequena, está sentada em um carrinho de bebê, e não pode fazer nada. Não consegue manter sua cabeça ereta, não consegue pegar nada, não consegue abrir a boca direito, não consegue engolir. A cada vez que a criança não consegue alguma coisa (no momento a saliva lhe escorre da boca), o homem, a mulher ou a avó dão uma gargalhada divertida. Eles não percebem que sua diversão grosseira soa sarcástica para a criança, embora pudessem observar que o olhar impaciente da criança, que vai de um lado a outro, está procurando um refúgio distante dali. Estranhamente consigo voltar à realidade ao observar a família de loucos. Só a criança é que afunda milímetro a milímetro no carrinho de bebê. Fecho meu casaco e vou para casa. A família de loucos se afasta dando risadinhas.

Minha casa permanece no mesmo lugar, tranquila e inocente. Não me sinto miserável ao entrar na cozinha. O telefone toca, eu não vou atender. Tiro meu casaco e corto uma fatia de pão. Aprecio muito o gosto do pão. Tiro os óculos e esfrego meus olhos com as mãos. No momento em que gostaria de botar meus óculos de novo, ele me escapa da mão e cai no piso de pedra. Na borda da lente esquerda um pedaço se estilhaçou. Eu boto os óculos e me olho no espelho. Imediatamente fica claro que não comprarei óculos novos e que o pequeno estilhaçamento se transformará em um símbolo. Vou até o telefone e atendo. É Susanne quem está na linha.

Encontrei uma carta sua, ela exclama, que você me escreveu há dezoito anos.

Há dezoito anos?, pergunto quase sem voz.

Sim, diz ela, em agosto, há dezoito anos, você se dirigiu a mim assim: queridíssima Susanne...

Mas há dezoito anos nós não tínhamos nada, não é?

Não, diz Susanne, de qualquer modo não aconteceu nada.

E o que está escrito na carta? Ela é ridícula?

Não, diz Susanne, o amor é ridículo apenas para você, para mim não.

A resposta me deixa chocado, eu fico em silêncio.

Você quer que eu leia a carta para você?

Não, digo eu, será suficiente se eu a ler mais tarde.

Em breve você terá oportunidade de fazê-lo, diz Susanne, é que eu gostaria de convidar você para um pequeno jantar com alguns colegas e amigos.

Eu os conheço também?

Um ou outro sim, diz Susanne, por exemplo Himmelsbach.

Oh, Deus, digo eu, essa velha camisa suja.

Mas você não pode chamá-lo assim, diz Susanne, e ri. Também vou convidar uma antiga colega de trabalho, que agora é angariadora de um asilo de luxo para velhos, que deve ser um emprego terrível.

Susanne enumera quem mais se fará presente. Eu ouço e caio em uma espécie de paralisia interna. Penso se eu estava de fato com Susanne há dezoito anos ou se apenas lhe escrevi cartas. Não consigo me lembrar.

Você prefere vinho tinto ou vinho branco?, pergunta Susanne.

Prefiro tinto, digo eu.

Susanne repete várias vezes a data e o horário do jantar. Eu anoto ambos na margem de um jornal. Tenho certeza de que não quero ler a carta que escrevi a ela há dezoito anos. Susanne agora fala sobre o que vai cozinhar. Ouço e mastigo sem fazer ruído a minha fatia de pão. O gosto de centeio ameniza a estranheza de me ver sentado em pouco à mesma mesa com Himmelsbach.

7

Já há algum tempo eu penso no que o apartamento de Susanne me faz lembrar. Estamos sentados a uma grande mesa oval, sobre a qual há uma toalha branca de damasco. Também os guardanapos são de damasco, tão duros e lisos que no princípio tive dificuldades de me limpar a boca de verdade com eles. Como antepasto, foi servida uma salada de alcachofra com espinafre e pinoli, depois vieiras grelhadas com presunto de Parma. Susanne cozinha maravilhosamente bem; só fiquei um pouco impaciente quando ela falou um tanto demais sobre a origem e a especificidade dos pinolis e das vieiras. Na parede à esquerda, há uma cópia impressa de Miró, na parede à direita, uma cópia impressa de Magritte, ambas protegidas por um vidro. Sobre três cadeiras não ocupadas, paradas uma ao lado da outra junto à parede esquerda do ambiente, jazem pequenas almofadas de seda, que provavelmente estão aí a fim de que se possa de vez em quando acariciá-las com a mão. É isso: o apartamento se parece, em uma das metades, com uma lavanderia, na outra metade com uma *bonbonnière* dos anos setenta. Atrás dos vidros do armário da sala, há bonequinhas, bichinhos de porcelana, talheres antigos, lembranças, um colar de pérolas. Poderiam ser também bombons, fotos, chocolates finos, fitas de seda e estojos. Há meia hora, eu chamei a sala de "restaurante de especialidades de Marguerita Mendoza", o que deixou Susanne encantada. Uma vez que nem todas sabiam o que queria dizer o nome Marguerita Mendoza, contei em seguida o episódio teatral da vida de Susanne. Ao contar, a história foi me parecendo cada vez mais constrangedora, mas ninguém deve ter percebido. A Susanne, ao que parece, minha exposição agradou, ela me abraçou, agradecida, tão logo terminei. Agora, pelo menos nesta sala e nesta noite e diante dessas pessoas, ela é tida como artista. Em um carrinho delicado de latão, Susanne traz a sobremesa, pêssegos assados com creme de mascarpone. Susanne se curva por trás sobre meus ombros; seu vestido de seda fino, cinza-claro, conduz um suave tremor de corpo até mim. Susanne usa sandálias de couro glacé plissado, com laços decorativos de cetim rosa. Eu poderia fazer uma pequena palestra, que deixaria todos os convidados estupefatos, sobre seus calçados; desisto de fazê-la, pelo menos por enquanto. Além de Susanne e Himmelsbach, eu não conheço ninguém. Himmelsbach mal me dá atenção. Ele está falando de modo vivaz com sua vizinha de mesa, uma animadora, que admite, com voz divertida, que ela mesma já está tão pobre em ideias quanto os turistas animados por ela. Pela segunda vez, ela diz um pouco alto que não pretende mais exercer sua profissão por muito tempo. Assim que olho para Himmelsbach, excitações impotentes perpassam meu corpo inteiro. Seu cabelo não parece ter sido cortado há pouco, mas não sou capaz de afirmá-lo com segurança definitiva. Há cerca de quinze minutos a proximidade constante de Himmelsbach me causa um leve mal-estar. Ela me faz lembrar de uma vivência desagradável que tive nas férias. Há cerca de quinze anos, desci a estrada cheia de curvas dos Abruzos com o carro que eu ainda tinha na época. Durante a descida inteira, eu me senti tão mal quanto agora, e até a última curva também não me sentia capaz de deduzir se o mal-estar continuaria ou desapareceria, exatamente como agora. No caminho para cá já fiquei pensando se deveria falar arvorando importância ou não. No momento, estou impaciente, e ao mesmo tempo confuso, uma mistura desagradável que eu conheço muito bem. Ela muitas vezes leva a uma terceira situação, uma secura interna e muda, da qual não consigo sair com facilidade. Minha vizinha de mesa à direita (Susanne está sentada à minha esquerda), a senhora Balkhausen, se afundou um pouco esgotada na cadeira. Ela já falou várias vezes sobre seu trabalho de consultora de um asilo de luxo para idosos, mais do que isso ela talvez não saiba dizer. Provavelmente a senhora Balkhausen quer que eu a divirta, mas minha secura interna não me abandona. A senhora Dornseif, a animadora, se queixa do fato de apenas homens insuportáveis flertarem com ela. A observação me agrada, ela ao que tudo indica é dirigida também a Himmelsbach, mas Himmelsbach passa por cima dela, e continua falando com a senhora Dornseif. Susanne ri.

Nos últimos tempos, isso está me parecendo um pouco sinistro!, diz a senhora Dornseif. Sou obrigada a lidar apenas com velhos, doentes, desleixados ou existências completamente deterioradas! É horrível!

A senhora Dornseif volta a se divertir com sua própria queixa, Himmelsbach olha para dentro da sua taça.

Um dia, digo eu à senhora Dornseif, a senhora vai acabar se envolvendo com um desses homens horrorosos.

Jamais, diz a senhora Dornseif.

Aguarde, eu digo, um dia a senhora não vai mais resistir! A gente começa a amar quando não quer mais fugir do outro, ainda que se pressinta que esse outro vá fazer exigências impossíveis.

Bravo!, exclama Susanne.

Que tedioso, diz a senhora Dornseif.

Os amantes tediosos são os mais profundos e os mais duradouros, digo eu.

Oh, Deus, murmura a senhora Dornseif.

Como foi isso sobre o amor, diz Susanne, você pode dizer outra vez?

A gente ama, eu repito, quando não foge mais, ainda que pressinta que condições impossíveis nos serão impostas.

Exigências, você disse.

O quê?

... que os outros farão exigências impossíveis, foi assim que você disse, diz Susanne.

Não pensei que minha definição de amor, que nem a mim mesmo parece digna de nota, causaria tanta sensação em Susanne. Todos, exceto Himmelsbach, olham para mim. Minha secura interna me obriga a um gole.

O senhor pode explicar a frase, pergunta a senhora Balkhausen.

Eu respiro fundo e esvazio meu copo.

A gente ama, eu digo, quando percebe que com esse amor todas as considerações passadas sobre o amor se tornam supérfluas. A senhora compreende?

Não, diz a senhora Dornseif.

Eu não acredito, digo eu, que a senhora considere justo detestar tanto assim os homens desleixados e as existências deterioradas. A senhora nem sequer gostaria de detestá-los com tal violência, pelo menos não a todos e não sempre. A senhora gostaria de encontrar pelo menos um que não detestasse, e quando tiver encontrado esse um e puder amá-lo, a senhora poderá amar também sua culpa, mais ainda do que...

O que, pergunta a senhora Dornseif se intrometendo, agora não estou entendendo mais nada, mas o que o amor tem a ver com a culpa?

Porque este que a senhora passar a amar veio da multidão daqueles que a senhora antes recusava, e porque a senhora sente culpa diante dessa recusa injusta, digo eu.

O senhor Auheimer, advogado e colega de escritório de Susanne, ergue o indicador e pergunta: O senhor se refere a uma culpa justiciável, ou a culpa de nós todos, o pecado original?

Pouco me importa, respondo eu, como o senhor chama essa culpa, eu de qualquer modo estou falando de uma culpa que vai se juntando de modo imperceptível, enquanto se pensa que está se vivendo sem culpa nenhuma.

E do que se origina essa situação de culpa, exatamente?, pergunta o senhor Auheimer.

Todo aquele que vive, eu respondo, condena os outros, que vivem com ele, muitas vezes durante anos. Um dia nos damos conta de que nos tornamos juízes, cada um de nós. A culpa que se libera a partir dessa constatação passa a fazer bem ao culpado individual, que nós enfim podemos amar. Agora enfim conseguimos: passamos a amar nossa culpa.

Os olhos de Susanne brilham. Ela acha maravilhoso que à mesa da sua sala sejam faladas coisas assim. Eu não sei se ela percebe que estou falando essas coisas apenas por causa dela, acho que não.

Mas a maior parte das pessoas nem sequer sabe qualquer coisa sobre essa culpa, diz o senhor Auheimer, elas se consideram absolutamente sem culpa.

E isso é o pior, digo eu; por isso seria bem melhor se nas universidades enfim se dessem cursos sobre Ciências Comparadas da Culpa.

O quê?, pergunta a senhora Dornseif.

Ciências Comparadas da Culpa, repito eu.

Nunca ouvi falar a respeito disso, diz o senhor Auheimer.

Nem poderia, porque as Ciências Comparadas da Culpa não existem, ou pelo menos não ainda, digo eu.

Susanne se levanta e vai até a cozinha. Ela traz mais tigelas com pêssegos assados e creme de mascarpone para a sala.

Mas não quero ficar falando a noite toda!, digo.

Sim, exclama Susanne, fale!

Susanne me serve mais vinho e gira o tronco na minha direção sem se levantar.

O senhor entende as Ciências Comparadas da Culpa como uma ciência histórica?, pergunta o senhor Auheimer.

Entre outras coisas, digo eu; nós todos vivemos em ordenações que nós não inventamos, não somos responsáveis por essas ordenações, elas nos parecem estranhas. E nos parecem estranhas porque percebemos que com o tempo assumimos a culpa dessas ordenações. A ordenação fascista acaba gerando culpa fascista, a ordenação comunista gera culpa comunista, a ordenação capitalista gera culpa capitalista.

Ah, tá!, exclama o senhor Auheimer, agora compreendo o senhor! O senhor acha que a culpa surge quando os homens mudam os sistemas?!

A maior parte nem chega a esse ponto, digo eu com uma exatidão absurda, é como com o amor! Estou me referindo à culpa comum dos sistemas, que migra lentamente para dentro de nós na medida em que imaginamos viver sem culpa nessas ordenações. *Todas* as ordenações políticas querem a mesma coisa, ou seja, a eliminação do sofrimento. E justamente por isso não são movimentos políticos, e sim fantásticos, o senhor compreende? Porque não se pode querer realmente a eliminação do sofrimento!

E onde fica a culpa nesse caso?, pergunta o senhor Auheimer.

A culpa surge, digo eu, porque todos nós sabemos disso a princípio, mas mesmo assim acabamos acreditando em pessoas que nos prometem uma vida sem sofrimento.

Ah, tá!, exclama a senhora Dornseif. Então é isso que o senhor está querendo dizer.

De repente, todos na mesa falam daquilo em que um dia acreditaram e como se tornaram culpados por causa disso. Himmelsbach fala que acreditou em mães, pais e professores; a senhora Balkhausen fala das suas crenças perdidas em universidades, hospitais e tribunais, a senhora Dornseif fala da sua crença na juventude e nos homens. Estou ansioso para ver de que culpa Susanne irá falar, mas ela não fala nada. Tenho a sensação de que Susanne preferiria mandar seus convidados para casa, porque não quer continuar compartilhando com eles o movimento da noite. Então ela traz mais duas garrafas de vinho da cozinha, eu as abro e sirvo os convidados. A senhora Balkhausen e a senhora Dornseif têm a impressão (se não me engano) de estar participando de um desmascaramento. Finalmente elas sabem que há um homem nos bastidores da vida de Susanne. Susanne e eu continuamos o joguinho, ainda que ambos não saibamos se é um jogo e/ou se já amanhã não voltaremos a suspirar ou rir do nosso velho teatro. A senhora Balkhausen me pergunta tímida qual é a minha profissão. A pergunta me incomoda de leve, porque lembra que minha vida não é autorizada nem mesmo em uma noite como a de hoje. Mas eu afasto o incômodo e respondo, um pouco bêbado e ofegante, que dirijo um Instituto de Arte da Memória e da Vivência.

Oh!, murmura a senhora Balkhausen, mas isso é interessante!

Eu volto a encher também a taça da senhora Balkhausen, me arrependo da minha brincadeira, mas a senhora Balkhausen já me pergunta com que tipo de gente tenho de lidar no instituto.

Somos procurados, eu respondo inseguro e ao mesmo tempo tarimbado, por pessoas que têm a sensação de que também sua vida não se tornou mais do que um dia de chuva estendido ao extremo, e que seu corpo nada mais é do que um guarda-chuva para esse dia.

O senhor ajuda essas pessoas, não é?, pergunta a senhora Balkhausen.

É, sim, eu espero.

Mas como? Quero dizer, o que o senhor faz?

Nós tentamos, digo eu, proporcionar a essas pessoas vivências que voltem a ter algo a ver com elas mesmas, além da televisão, das férias, da autoestrada e do supermercado, a senhora compreende? A senhora Balkhausen assente com seriedade e olha para a rosa artificial amarela ao lado da sua taça de vinho. Eu começo a achar a conversa desconfortável. Percebo que a senhora Balkhausen parece estar interessada nas peculiaridades da minha ajuda existencial, e logo fará novas perguntas. Nisso já estou de pé e dou alguns passos sem rumo pela sala. Nesse entretempo, me despeço do senhor Auheimer, que agradece por minhas "observações clarividentes" (foi exatamente o que ele disse), e em seguida vai embora. Em alguns minutos serão onze da noite. Eu estaco nas proximidades da porta da cozinha, porque combinei com Susanne que no final da noite ela me dará a carta que lhe escrevi há dezoito anos. Mas as coisas se passam de modo diferente. Perto da porta da cozinha Himmelsbach se aproxima de mim pelo lado, e pergunta se pode tratar de um assunto pessoal comigo por dois minutos. Eu estremeço, porque não sei o que poderia haver de pessoal entre mim e Himmelsbach, e ao mesmo tempo temo que um sujeito como Himmelsbach pudesse de fato trazer à baila esse caráter anônimo-pessoal entre nós. Não consigo me desviar dele. Ele me leva em direção ao vestíbulo, e em seguida diz em voz adequadamente baixa: Eu gostaria de pedir a você que me fizesse um favor.

Olho para Himmelsbach sem saber o que fazer, e provavelmente em tom de recusa, mas Himmelsbach não se assusta com isso, pelo contrário, é provável que meus olhares inclusive o encorajem.

Você durante algum tempo colaborava no Generalanzeiger, ele principia.

Oh, Deus, eu suspiro, mas isso foi há uma eternidade!

Eu sei, diz Himmelsbach.

Na época eu ainda era estudante!

Sim, diz Himmelsbach, mas você conhece as pessoas que mandam por lá.

Não acho que seja assim.

É sim, insiste Himmelsbach, você conhece por exemplo Messerschmidt.

Ele continua trabalhando por lá!, eu exclamo.

Como assim?, pergunta Himmelsbach. Você por acaso não o suporta?

O que significa não suportar, eu respondo, não sei lidar com ele muito bem, não gosto da sua necessidade de ver tudo em ordem e bem raso.

Mas você o conhece?

Só da época, eu digo.

Então você realmente não tem mais nada a ver com o Generalanzeiger?, pergunta Himmelsbach.

De repente, imagino saber o que ele quer.

Você sabe muito bem, digo eu, que em torno de jornais provincianos sempre acabam se reunindo talentos pela metade, homens com um quarto, quando não apenas com um oitavo de talento, uma mistura desagradável. Quanto menor o talento, tanto mais selvagemente o contemplado fica pulando por aí. Não quero ser visto naquele lugar, se é que você entende o que estou querendo dizer.

Não posso me permitir uma severidade tão grande como a sua, diz Himmelsbach, pelo menos não todos os dias.

Ele ri breve e sarcasticamente, o que o torna para mim, por um momento, simpático como nos velhos tempos. É provável que por isso eu trabalhe meio minuto no sentido de aliviar a vida para ele.

Você está querendo fotografar para Messerschmidt, e quer que eu lhe pergunte se ele não pode precisar de você?

Exatamente, diz Himmelsbach.

E por que você mesmo não pergunta?

Estou velho demais para derrotas, diz Himmelsbach.

E se não der certo?

Nesse caso não ficarei sabendo diretamente da parte dele, mas por você. Com essa almofada no meio, eu seria capaz de suportar a derrota.

A explicação me agrada, eu silencio concordando, Himmelsbach me toca. Ele visivelmente (assim como Susanne) está convencido da minha importância/fundamentação/ significância, mais até, ele me credita até influência sobre a cidade.

Pois bem, digo eu, vou ligar para Messerschmidt.

Hum, murmura Himmelsbach, jamais esquecerei que você fez isso por mim.

Vamos aguardar.

E agora? O que vamos fazer agora?, pergunta Susanne em voz alta, e vem em nossa direção.

Eu ainda quero dar uma passada no Orlando, diz Himmelsbach.

Sim, no Orlando!

Depois de alguns suspiros, acaba se impondo a opinião de que uma visita à discoteca Orlando coroaria de modo perfeito a noite. Eu sussurro ao ouvido de Susanne que não consigo achar graça no Orlando, e prefiro ir para casa.

Você é um corta-onda, diz Susanne. Vai junto conosco, diz ela, e me beija na orelha.

Prefiro não ir! Eu seria um corta-onda se fosse junto.

A senhora Balkhausen procura sua bolsa, Susanne ri.

A noite ainda é uma criança, diz a senhora Dornseif, a música do Orlando nos jogará no final de semana como um, como um, meu Deus do céu, ela diz, não me ocorre o que quero dizer.

Himmelsbach examina a posição da sua carteira no bolso da calça e me dá a mão. Eu cuido para que não precisemos descer as escadas juntos. Percebo que a senhora Balkhausen gostaria de continuar conversando comigo, mesmo se fosse em uma discoteca. Eu me ofereço para ajudar Susanne a lavar a louça. A senhora Balkhausen constata que levou um fora e desaparece. Dois minutos mais tarde, também eu me despeço. Apesar da sua vantagem, eu sigo apenas cerca de vinte e cinco metros atrás de Himmelsbach, na rua. Vejo que ele encheu o bolso esquerdo da sua calça com amendoins, que ele agora um a um tira do bolso de sua calça, e um a um mastiga enquanto caminha.

Quatro dias mais tarde, em um sábado pela manhã, me encontro pela primeira vez no mercado de pulgas na condição de vendedor. Montei diante de mim a mesa de tapeçaria que Lisa deixou no porão. Usando alguns percevejos, fixei um papel fino e branco sobre o tampo. Sobre ele estão, um ao lado do outro, os sapatos que recebi de Habedank da última vez. Ofereço cada um dos pares por oitenta marcos, um preço ridículo. Quase nenhum dos visitantes do mercado de pulgas, que não param de passar à minha frente, se interessa pelos sapatos. As pessoas olham para mim, não para os sapatos. Estou parado aqui há exatamente duas horas, e até agora ninguém perguntou quanto os sapatos custam. O homem à minha esquerda negocia objetos militares, também ele não vende nada. Ele tem uma televisão portátil sobre sua mesa, e assiste a um documentário sobre a Turíngia. O homem à minha direita usa uma gravata de Mickey e vende brinquedos de lata baratos. Quer dizer, não vende, exatamente como o homem dos objetos militares ou eu. Estamos parados ali, ora olhamos para o céu, ora para o chão, ora para a televisão.

A cada pouco, volto a me perguntar qual é a sensação mais forte em mim, a da inutilidade ou a do absurdo. Não posso responder a pergunta. Por isso depois de algum tempo passo à pergunta seguinte, qual será a primeira coisa que tomará conta de mim, a loucura ou a morte. Só o surgimento da palavra morte me intimida, eu desisto bem rápido da pergunta. Mas sobre o que mais posso pensar? Pressinto que minha tentativa de vendedor de sapatos de luxo seja minha última chance de encontrar uma assim chamada vida normal. Contemplo as pessoas que passam por mim e tento me convencer de que sou igual a elas. Começo a enumerar o que tenho em comum com elas. Por um momento, tudo anda bem. Mas então percebo que posso enumerar o que eu quiser, na soma, os detalhes acabam não combinando e também não podem ser combinados no prosseguimento da vida: por isso a soma também não pode ser autorizada por mim nesse final de manhã. Eu não sei nem mesmo como devo incluir no resto da minha vida o estranho fato de hoje estar tentando me tornar vendedor de mercado de pulgas. Penso na carta que escrevi a Susanne há dezoito anos, e que voltei a ler alguns dias atrás. Trata-se do atestado constrangedor de uma paixão adolescente que começou de modo promissor e de repente se acabou. Ainda mais desagradável é o fato de eu ter esquecido o namorico, coisa que Susanne felizmente não levou a mal. Tenho quase certeza de que uma aproximação dessa vez não deixará de acontecer. Apenas me parece pouco claro se devo ou não contar a Susanne, caso ela me visite, sobre o significado do quarto de folhas. Por certo não precisarei me esforçar para tornar compreensível a ela a ideia do quarto de folhas. Só o fato de o meu interesse pessoal nas folhas ter cedido consideravelmente nos últimos dias é que me parece um pouco estúpido. No ar seco do apartamento, as folhas ficaram secas e se tornaram quebradiças. Só ontem tive algumas delas nas mãos; suas bordas já estão se desintegrando. Evitei caminhar pelo quarto com os pés de través e juntar as folhas diante dos meus sapatos. Também não trarei novas folhas para o quarto. Muito antes, voltarei a desistir da ideia já iniciada do quarto de folhas. Sigo com os olhos o pequeno declive que se estende às costas dos estandes. O declive é uma espécie de depósito de lixo. Os vendedores jogam ali tudo de que não precisam mais, embalagens de plástico, barracas, baldes de lata, latas de cerveja, caixas de papelão, roupas, entulhos de construção, cascalho. A palavra cascalho me agrada. Ela expressa a estranheza da vida exatamente tão bem quanto a palavra moita. Talvez inclusive um pouco melhor, porque o caráter empoeirado de todas as vidas ressoa melhor no cascalho do que na moita. Não sei mais com o que devo me distrair. O vendedor de objetos militares à minha esquerda agora vê o noticiário em sua televisão portátil. Nesse momento, um político está sendo entrevistado. Como sempre, algumas pessoas bancando as importantes se encontram em torno dele, olhando com rostos sérios para a câmera. Eu talvez ainda pudesse me tornar um desses homens dos bastidores. Sempre que políticos aparecerem na televisão, eu viajo e garanto meu papel de pano de fundo. Tenho um rosto irreprochavelmente sério, adequado de forma extraordinária para sublinhar qualquer assunto. Terei muito a fazer, ganharei muito dinheiro. Homem do *background* na televisão poderia se tornar minha profissão dos sonhos. Enfim poderei ficar em silêncio, e ainda ser pago por isso. Embora eu traga essas ideias à tona apenas para minha distração pessoal, penso de fato se eu não deveria ligar para a televisão e oferecer meus serviços. Uma luva de tricô caída no chão me ajuda a expulsar meu pequeno delírio. A luva de tricô estava, primeiro, e por um bom tempo, sobre uma mesa gigantesca colocada do outro lado do corredor em que me encontro. Então alguém deve ter tocado a borda da mesa, fazendo a luva de tricô cair no abismo. Agora ela está lá, em meio ao pó, e em meu interior se transforma em um símbolo da estabilidade que sobreviverá

a todos os tempos e todos os mercados de pulgas. O meio-dia se aproxima. Eu não vendo nada, pareço morto a mim mesmo. É possível ver
nas pessoas que passam aos turbilhões que elas se ocupam sobretudo
com um pensamento: O que aconteceu na vida desse homem para querer
vender sapatos agora? Observo meu casaco, que deitei sobre um cavalete
de ferro sem qualquer resultado. Seria melhor ir para casa, mas aí eu
teria de me debater com a ideia do fracasso. Por fim, consigo achar alguns
adolescentes interessantes. Eles precisam afirmar logo cinco vezes que
são jovens: pela hiperatividade dos seus corpos (1), pelos objetos (refri-
gerante, pipoca, revistas em quadrinhos, cds) em suas mãos (2), por suas
roupas (3), por sua música, representada pelos fones de ouvido que continuam em fios em torno do pescoço (4) e por sua gíria (5). Vou contar
dessa hiper-realidade a Susanne na próxima oportunidade. Ela será
obrigada a rir, e então nós dois ficaremos felizes com o fato de pelo
menos não sermos mais jovens. Um homem tranquilo entre quarenta e
quarenta e cinco anos se aproxima da minha mesa de tapeçaria e olha
para os sapatos. Ele pega o par mais à esquerda, enfia as mãos em suas
aberturas e distende as solas, dobrando os sapatos até unir bico e taco.
Penso se devo ou não dizer algumas palavras de explicação, mas é visível
que o homem entende algo de sapatos, e apenas se incomodará com
minhas explicações. Ele examina do mesmo modo mais dois pares. Em
seguida, dobra a perna esquerda para o alto e compara o tamanho do
sapato com o tamanho dos seus próprios sapatos. Meus sapatos são do
tamanho certo. Pouco depois, ele tira sua carteira do bolso e diz que quer
levar os três pares que examinou. Eu menciono o preço e boto os sapatos
em duas sacolas plásticas. Segundos mais tarde, o homem coloca duzentos e quarenta marcos, trocadinhos em quatro notas, na minha mão.
Então assente com brevidade e segue adiante. É claro que depois desse
sucesso acachapante de vendas logo desmancharei meu estande e irei

para casa. Só quero acompanhar ainda os calores internos que a alegria agora atiça dentro de mim. Guardo o dinheiro e me apoio ao corrimão de ferro às minhas costas. Olho para o lixo e me pergunto como foi que os entulhos de construção e o cascalho chegaram até ali. O mais esquisito é que já começo a aceitar os arredores casuais como um lugar para me estabelecer. Espero que meu afã interior não signifique que eu esteja fantasiando para mim uma carreira de vendedor de mercado de pulgas. O modo como já depois de pouco tempo me sinto bem na proximidade de todo e qualquer monte de argamassa provavelmente seja um rebotalho do pós-guerra. Na época, eu era uma criança que andava pelos escombros da guerra e se perguntava em cada uma das ruínas se seria possível ficar ali. A guerra havia acabado há pouco, mas ao ver as destruições eu tinha certeza de que uma nova guerra poderia começar a qualquer hora, e os homens seriam obrigados a se ajeitar em qualquer buraco coberto de pó. Não, eu não irei logo para casa. Vou passar antes no Café Rosalia, onde já não estive há um bom tempo. Lá almoçarei de acordo com os bons negócios do dia, e me entregarei ainda mais à minha alegria. Com quatro ou cinco toques, a mesa de tapeçaria está desfeita, os sapatos que não foram vendidos desaparecem em duas sacolas de plástico. No passado, eu ia muitas vezes ao Café Rosalia com Lisa, espero que ele continue existindo. Não chega a ser um café de verdade, mas sim uma padaria um pouco maior, hoje em dia já bem fora de moda, com dois ambientes reservados aos clientes, aos quais se chega por um corredor estreito aos fundos da padaria. A caminho, passo por uma loja de miudezas em geral, em cuja vitrine vejo exposta uma oferta maravilhosa. Em uma caixa, há inúmeros carretéis de linha pretos e brancos, cada peça por um marco. Uma imagem completamente única! Se Lisa estivesse comigo agora, entraria na loja e compraria um carretel branco e um preto, e em casa os colocaria um ao lado do outro sobre uma estante, e de tempos em tempos olharia para eles apaixonada como se fossem seres vivos. Graças a Deus, o Rosalia continua onde sempre esteve! O café permanece tendo apenas um único e minúsculo cabide. Isso significa que a maior parte dos convidados amontoa seus casacos e bonés e sacolas e bolsas nas cadeiras ao seu lado. Esses bolos e aglomerados estranhos, na maior parte das vezes escuros, têm o aspecto de pequenos animais enrolados, de modo que os ambientes parecem ser por um momento um café para animais. O Rosalia está bem frequentado; só na parede dos fundos, que dá para o pátio, ainda há lugar. Na mesa à minha esquerda, estão sentadas duas mulheres de mais idade com um garoto de cerca de nove anos, à minha direita, um casal também de mais idade. Encosto minha bagagem à parede e peço o *menu* I, salmão com arroz e espinafre. A toalha de mesa está cerzida com cuidado em três diferentes pontos, provavelmente por uma vovó ainda restante, que jamais pode ser vista nas salas reservadas aos clientes. Com uma colher, o garoto come mirtilos com leite em uma tigela de vidro. Muitas frutinhas são amassadas, de tal maneira que o leite fica cada vez mais azul. Azul lácteo, será que essa cor existe? Provavelmente não, mas ela me ofusca os olhos. A mulher ao lado do garoto se queixa do tamanho dos morangos em seu bolo de frutas. O garoto chama sua atenção: que ela não critique pelo menos os morangos. Também o marido de mais idade à minha direita é criticado. Não fique olhando para seu relógio estragado, diz a mulher a seu lado. O garoto terminou de comer os mirtilos, e curva seu tronco para a frente. Você precisa botar seu cabelo em cima da mesa, diz a mulher criticada anteriormente pelo garoto. Eu compreendo que minha felicidade é não ter ninguém para reclamar comigo. O garoto engatinha para debaixo da mesa. Deita-se de costas, e contempla a mesa pela parte de baixo. Você precisa mesmo limpar o chão com sua camisa nova, grita a outra mulher para debaixo da mesa. Há tempos já não são necessárias provas para o fato de não se conseguir mais suportar o mundo, mas aqui é concedida mais uma. O salmão, pelo menos, está excelente, o espinafre também. Tento piscar para o garoto debaixo da mesa, mas não consigo chamar sua atenção. As mulheres percebem minha solidariedade com o garoto e a consideram problemática, ou, melhor dizendo, inadequada. Ordenam que o garoto se levante. Agora ele está sentado, tranquilo, entre as duas mulheres. Enquanto isso, elas já me olham como um abusador de crianças recém-desmascarado e impedido a tempo. Enfim também eu não quero mais nada, e sigo contemplando apenas o mundo continuamente repreendido.

8

Messerschmidt foi amistoso, até mesmo cordial, ao telefone. Fez como se esperasse por um telefonema meu há anos. Além disso, se mostrou tão falador que eu mal consegui dizer alguma coisa, o que naturalmente não me incomodou nem um pouco. Ele lembrou de nossos anos de estudantes, e eu fiquei surpreso com a quantidade de detalhes que ele manteve de forma precisa em sua memória. Uma vez que não precisei falar muito, consegui esconder com facilidade que os tempos de estudante foram bem mais desagradáveis para mim do que para ele. Só depois de cerca de dez minutos é que consegui expor o motivo da minha ligação. Antes disso, ele já me instigara duas vezes a passar pela redação para lhe fazer uma visita. Eu não tinha necessidade de procurar o Generalanzeiger. Teria preferido poder encontrar Messerschmidt em um café, mas nada consegui fazer contra sua determinação borbulhante. No final do telefonema, consegui dar o sinal de que não estava ligando por minha causa.

Como assim?, ele gritou ao telefone; do que se trata, então?

Na verdade, disse eu, se trata do fotógrafo Himmelsbach.

Oh, Deus, disse Messerschmidt.

O que há com ele?

Himmelsbach é provavelmente uma figura trágica, não, ele não é uma figura trágica, ele é simplesmente incapaz, disse Messerschmidt.

Mas ele já trabalhou para o Generalanzeiger no passado.

Ele quis, disse Messerschmidt, mas jamais chegou a trabalhar; certa vez, perdeu o compromisso porque dormiu demais, depois as fotos que ele trouxe eram horríveis, completamente horríveis, nem mesmo o Generalanzeiger poderia publicá-las!, exclamou Messerschmidt, e deu uma risada seca. Na terceira tentativa, a máquina fotográfica falhou, e, na quarta, ele brigou com os organizadores ou algo assim. De qualquer modo, as coisas jamais deram certo com Himmelsbach.

Ah tá, murmurei eu, e fiquei em silêncio; isso quer dizer, eu já pensava em como deveria contar a Himmelsbach o resultado da minha intervenção, não, para ser mais exato, eu estava magoado por Himmelsbach não ter me revelado nada a respeito dessa história prévia, não, para ser ainda mais exato, eu já compreendia que ele jamais poderia me contar a respeito *dessa* história.

Mas por que estamos falando tanto assim de Himmelsbach!, disse Messerschmidt. Você não quer dar uma passadinha aqui para tomarmos um café, à tarde, talvez depois de amanhã, na quinta-feira, nesse dia fico sentado por aqui sem fazer nada e seria muito bom ver você.

Essa quinta-feira é hoje, e eu me encontro a caminho do Generalanzeiger. Estou até mesmo um pouco curioso para ver como está Messerschmidt. Quando nós nos víamos quase que diariamente, éramos ambos jovens, e eu lembro bem que sentia vergonha de Messerschmidt na época. Ele dirigia um COMITÊ REGIONAL do KPD, quer dizer, ele redigia, imprimia e distribuía panfletos diante dos portões de grandes empresas e fábricas, tentando agitar os trabalhadores. Quando Mao morreu, ele organizou uma manifestação espontânea na cidade. Era um pequeno grupo de jovens, cujo líder era Messerschmidt com um megafone na mão esquerda e um caixote de frutas na direita. De quando em quando, ele subia no caixote de frutas, segurava o megafone diante da boca e falava: É com profundo pesar que o comitê central informa a morte do camarada Mao Tsé-Tung aos oitenta e dois anos de idade. De um modo maravilhosamente natural, Messerschmidt fazia de conta que todos os seus ouvintes foram chineses desde sempre, ou se tornariam chineses agora bem rápido ao ouvi-lo. Lembro até hoje da sua frase mais inacreditável: Vamos transformar nosso luto pela morte do grande líder em energia. Na época, eu pensei a sério em pedir a Messerschmidt que ele por favor me ensinasse pessoalmente a técnica dessa transformação, mas então anúncios como esse foram se tornando o motivo pelo qual nos afastamos mais e mais um do outro, até que Messerschmidt, muitos anos depois, voltou a aparecer na redação do Generalanzeiger e eu, a seu pedido, me transformei em colaborador do jornal. Se Messerschmidt soubesse que eu me lembro pelo menos tão bem quanto ele de tudo isso, talvez não tivesse me convidado. É claro que eu hoje só lhe lembrarei daquilo que suponho que ele gostará de ser lembrado. O pequeno prédio da editora do Generalanzeiger fica atrás dos depósitos de duas grandes lojas. Gatos se esgueiram entre caixas de papelão vazias, procurando por comida. Eu os observo por algum tempo, e eles me agradam bastante. Ainda pouco antes da entrada, eu hesito e quero voltar para casa. Nesse momento, um homem bem vestido deixa o prédio da editora. O homem tem um exemplar do Generalanzeiger enrolado em forma de canudo e bate com ele na coxa direita enquanto caminha. Esse comportamento acaba me pressionando. É estranho, mas desse momento em diante eu já sei que não poderei mais voltar atrás. Por alguns instantes, lampeja a possibilidade de que minhas reservas internas possam estar gastas e envelhecidas. Imediatamente eu gostaria de saber se existe sensibilidade deteriorada ou não; e, se existe, se a sensibilidade deteriorada é, ela mesma, um produto da sensibilidade deteriorada, e em razão de que processos a sensibilidade pode se transformar em sensibilidade deteriorada. Talvez Messerschmidt saiba alguma coisa a respeito disso, eu penso, e me alegro em silêncio com meu sarcasmo. Segundos depois adentro o corredor central do prédio da editora. Parte da minha inquietude diminui quando vejo que a seção de anúncios ainda se encontra à esquerda do corredor principal. A redação continua no primeiro andar. Junto à escadaria encontro Schmalkalde, redator do Segundo Caderno, que não me reconhece. Há dezenove anos, ele colecionava tudo o que os distribuidores anônimos de panfletos enfiavam em sua caixa de correio durante o ano. Do material ele pretendia fazer uma "brochura crítica acerca da comunicação", que no entanto jamais foi impressa. Agora Schmalkalde passa por mim como um livro que jamais foi publicado e olha para o chão. Messerschmidt está cortando um pêssego em pedaços com um pequeno canivete quando abro a porta da sua saleta. Ele deita o canivete de lado e vem em minha direção. Está mais gordo, e tem algumas manchas vermelhas recentes no rosto, como se tivesse acabado de se enojar.

Oh! Você está usando sapatos amarelos!, ele exclama. Sabe quem sempre usava sapatos amarelos? Hitler e Trotski, ditadores usam sapatos amarelos, meu caro!

Eu não considero a observação e me sento. Messerschmidt caminha em torno de mim e aciona a máquina de café.

Como você está? O que anda fazendo?, perguntamos um ao outro.

Eu me esquivo e digo apenas que estou me virando.

Pois bem, murmura Messerschmidt.

E você? Está satisfeito?

Estou muito bem, diz Messerschmidt. Mal consigo acreditar que estou tão bem, tão improvável me parece a minha própria vida.

A máquina de café estertora, o café preto pinga na jarra de vidro. Messerschmidt lava duas xícaras em uma pia minúscula e em seguida as seca.

Você ainda se lembra, diz ele, como meus pais foram empecilhos monstruosos em minha vida, eu devo ter contado a você sobre isso?

Seu pai não obrigava sua mãe a usar suas cuecas velhas primeiro como panos de pó e depois como farrapos para lustrar os sapatos? Cara! Você tem uma memória e tanto! Era exatamente isso!, exclama Messerschmidt. Durante toda minha juventude eu tive a impressão de ter de me salvar, pouco importava onde e como. E apenas por esses anos, imagine uma coisa dessas, essa sensação enfim me deixou em paz. Estou um pouco confuso com o fato de ter conseguido me salvar. Vivo bastante retirado. Uma vez que me salvei, não gosto de barulho. E uma vez que sinto medo de pessoas que enchem a boca para dizer determinadas coisas, não gosto de cultura. Preciso de paz, e essa paz eu encontrei aqui, no Generalanzeiger.

Messerschmidt serve café e ri baixinho. Sua velha tendência à confissão se apresentou mais uma vez, ele fala como sempre falou.

E você!, ele exclama.

Sim, e eu, digo eu de um modo um tanto estúpido.

Jamais vou esquecer, diz Messerschmidt, como você há cerca de dezoito anos analisou o filme Casablanca, lembra disso?

Eu sacudo a cabeça.

O filme só é tão impressionante, você disse, diz Messerschmidt, porque o herói toma uma série de decisões difíceis que têm consequências bem abrangentes. Ele deixa pessoas e países, troca de identidade, de mulheres e de convicções políticas. As pessoas no cinema, no entanto, tomam apenas decisões fáceis, que não têm absolutamente nenhuma consequência. Elas no máximo se perguntam se não precisam talvez de uma televisão nova ou então de um sobretudo novo, mais do que isso não lhes acontece. Em outras palavras, diz Messerschmidt, na vida das pessoas que estão sentadas no cinema tudo já se decidiu de antemão.

Eu disse isso?, pergunto.

Foi o que você disse na época, diz Messerschmidt, inclusive ainda lembro onde foi que você o disse: na pizzaria da praça Adenauer, que hoje nem existe mais, você se lembra?

Eu olho para o rosto de Messerschmidt e não me lembro.

A falsidade de Casablanca consiste em, você disse, diz Messerschmidt, o filme misturar tanto a esfera de decisões de fato vitais e a esfera de decisões nulas dos espectadores que para as pessoas no cinema acaba surgindo a ilusão de que também elas vivem em meio a culminâncias cheias de significado.

Eu disse isso?

Você o disse e o que disse poderia ser imediatamente impresso, diz Messerschmidt, e você ainda acrescentou que, para tomar as coisas com exatidão, o filme não chegava a ser um embuste, mas sim apenas o uso que as pessoas faziam dele, mas justamente por isso também o filme seria um embuste, porque permite aos espectadores uma mentira como essa.

Para a situação da época, isso até que soa bem, eu digo.

Hoje você não diria mais o mesmo?, pergunta Messerschmidt.

Diria sim, digo eu, mas acrescentaria que o filme permite algumas ilusões também ao intérprete.

Nós rimos.

Está vendo!, exclama Messerschmidt, quer mais um café?

Não, obrigado.

Eu boto a mão sobre minha xícara vazia. O modo triunfante como Messerschmidt me lembra das coisas me deixa embaraçado. Isso muito embora eu imagine que embaraços bem mais fortes estejam por vir. Messerschmidt volta a pegar o pêssego que empurrara de lado e o corta em pedaços ainda menores. Da gaveta tira um garfo de bolo, e com ele espeta os pedaços de pêssego antes de enfiá-los na boca. Eu já temo que ele me dê também um garfo de bolo e me convide a comer com ele.

Você não quer voltar a trabalhar pra mim?, pergunta Messerschmidt; as coisas funcionaram tão bem na época com nós dois! Não sei o que você anda fazendo hoje, mas se tiver vontade, é como eu disse, as portas estão abertas, disse Messerschmidt.

Nem mesmo sei se ainda sou capaz disso, digo eu, e digo essa frase apenas porque não quero rechaçar imediatamente a oferta de Messerschmidt.

Ora!, murmura Messerschmidt, essa humildade é fingida ou genuína?

Isso desperta a minha presunção de que Messerschmidt se ocupa com a minha humildade. Pelo menos ele não sabe que eu só me sinto bem quando em qualquer situação da vida consigo esconder alguma coisa. Por trás disso, provavelmente esteja o mecanismo, que até hoje me surpreende, de que novas identidades se formam quando alguém se aproxima demais de alguém. Existe a possibilidade de que, pelo fato de eu estar refletindo demais, o vínculo com Messerschmidt se quebre. Logo fico mudo e fixo os olhos primeiro na quina da escrivaninha, depois nos restos do pêssego. Possivelmente Messerschmidt considere que o meu silêncio se deva ao fato de eu estar refletindo sobre sua oferta.

Você pode pensar a respeito, diz Messerschmidt, um telefonema basta.

E sobre Himmelsbach não precisamos mais falar?, pergunto.

Espero não causar um incômodo a você com isso, mas eu não gostaria de voltar a ver Himmelsbach nunca mais.

Tudo bem, digo eu.

Já no caminho de volta para casa não tenho mais absoluta certeza de que recusarei a oferta de Messerschmidt. Ainda que precise com urgência do dinheiro que posso/poderia ganhar no Generalanzeiger, não penso em mim quando reflito a respeito, mas sim em Susanne. Susanne irá exagerar a importância do mundo dos jornais, e enfim parecerá importante a si mesma estando ao meu lado. Atrás de mim, caminham alguns funcionários que falam de modo desagradavelmente alto. Paro por algum tempo à entrada de um prédio, e deixo todos eles passarem por mim. Agora tenho à minha frente um homem cuja perna esquerda é um tiquinho mais curta do que a direita. A cada passo o homem afunda um pouco com a metade esquerda do seu corpo, o que torna seu andar semelhante ao de uma pá em ação. Esse andar de pá no momento é exatamente a coisa certa para mim, eu penso e imito o andar do homem por algum tempo. Pouco antes da ponte, encontro Anuschka, que eu cortejei por algum tempo há treze anos, mas que acabou me dando o fora, dizendo a seguinte frase: Mas eu sou ossuda demais para você. Por um breve movimento (ela inclina seu rosto e mostra a lisura recusante da sua face esquerda), ela deixa claro para mim que não gostaria de ser parada, nem de ser abordada. Eu entendo o que ela quer, e resolvo agir como ela quer. Passo com um assentir de cabeça por Anuschka, e enquanto isso repito comigo mesmo a frase que ela disse na época: Mas eu sou ossuda demais para você. Como é estranho perceber que uma única frase deve ser a última coisa que guardarei de Anuschka. Sobre essa estranheza eu gostaria muito de falar com Anuschka agora, ainda que Anuschka com certeza tenha esquecido seu comentário de outrora, ou então jamais o guardou, e eu além disso há muito saiba que só consigo expressar a estranheza da vida ao jogar meu casaco sobre uma moita ou no cascalho. O homem com o andar de pá tira um bombom do bolso da sua calça, remove o papel que o envolve e enfia o bombom na boca. O papel amassado plana até cair na rua, e agora faz, quando passo por ele, um ruído bonito e suave em seu contato com o asfalto. Eu gostaria de ficar parado e ouvir ainda por alguns segundos o farfalhar do papel de bombom. No momento em que a estranheza da última frase dita por Anuschka se dissolver no farfalhar do papel de bombom, eu gostaria de dar o nome de "o farfalhar" à estranheza geral de todas as vidas. Eu preferiria mesmo era me curvar sobre o papel que o vento leva ora para cá, ora para lá. Mas eu gostaria também de seguir o homem com o andar de pá, entrementes quase já com gratidão, porque lhe devo a nova palavra para a estranheza da vida. Apenas para fazer uma experiência, imagino que aceito a oferta de Messerschmidt. De súbito estarei cercado por um grande grupo de eminências locais, dia após dia. Prontamente sou tomado por uma leve melancolia, que agora carrego comigo sobre a ponte. Uma dor igualmente leve faz palhaçadas à minha volta e diz: Você deve buscar vantagens e aceitar a oferta. Dou um jeito na dor, mas preciso fazer alguma coisa contra a melancolia. Ela dança à minha frente e quer se meter comigo. Eu dou a ela o nome de Gertrud, a fim de conseguir zombar dela com mais eficácia. Melancolia Gertrud, dá o fora! Prontamente, ela se apresenta: Com licença, meu nome é Melancolia Gertrud, posso botar o senhor um pouquinho pra baixo? Dá o fora, eu repito. Ela não desaparece, pelo contrário, me agarra, sinto seu calor negro. É de se supor que ela pensa me ter sob controle. Ela me empurra até o parapeito da ponte, eu olho para as águas escuras lá embaixo. Que tal uma separação da vida, ela pergunta, resultante de comprovada insignificância? Eu conheço essas perguntas, elas me deixam mudo. Gertrud tenta me convencer como se eu fosse uma criança mal-educada. E no entanto ela está um pouco irritada, porque eu mais uma vez não faço tudo o que ela exige de mim. Por meio minuto luto com Melancolia Gertrud em cima da ponte, em seguida percebo que são as forças dela que cedem, não as minhas. Lamentavelmente perdi de vista o homem com o andar de pá durante a luta com Gertrud. A caminhonete de entregas de uma vidraçaria passa por mim, andando devagar. Na carroceria do veículo dois vidros de vitrine bem altos se encontram afixados a uma armação. Eu desejo que em vez de mim, as duas vitrines se espatifem e caiam estilhaçadas na rua, imediatamente. Mas então sinto que desejos tão violentos não se fazem mais necessários. Melancolia Gertrud está dominada, pelo menos dessa vez. Se eu agora não for retido por mais algum trambolho no meio do caminho, logo chegarei em casa. Mas me alegrei cedo demais. Do outro lado da ponte a senhora Balkhausen surge em meio à multidão de pedestres e vem exatamente na minha direção. Ela me estende sua mão pequena e fria e me olha.

O final de semana se aproxima, ela diz, e eu não tenho a menor ideia do que vou fazer.

Lamentavelmente eu não tenho coragem de dizer à senhora Balkhausen que acabo de aniquilar Melancolia Gertrud, que por isso me sinto um pouco fraco, e que finais de semana, próprios e alheios, há tempo já não me importam mais.

Eu apenas pigarreio.

Penso no que eu poderia fazer, diz a senhora Balkhausen, mas não consigo imaginar nada interessante. Então olho pela janela, mas não vejo nada, ou apenas aquilo que já vi ontem e anteontem. O senhor poderia me dar algum conselho?

Eu?, pergunto.

Ora, o senhor é o diretor de um instituto de Arte da Memória ou de Alegria da Vida, ou algo assim. Oferece cursos diários, não é verdade, foi o senhor mesmo quem disse. Eu me interesso por um curso assim, tenho quase certeza que o senhor pode me ajudar.

Eu olho fixamente para a senhora Balkhausen, provavelmente por tempo demais. Sou tomado de compaixão, também de comoção, no momento não sei como ajudar a mim, e no entanto já me sinto obrigado a fazer alguma coisa por ela. De qualquer modo, a senhora Balkhausen arejou um pouco a discrição do sofrimento diante de mim, e eu mal consigo resistir a esse desnudamento.

Ora, mas me ligue então qualquer hora dessas, digo eu, quem sabe sexta-feira à tarde?

Com prazer! Muito obrigada!

A senhora Balkhausen assente diversas vezes, eu lhe digo o número do meu telefone, que ela anota em um envelope de palitos de fósforo.

Muito obrigada, ela diz, muito obrigada, e segue adiante.

Eu a sigo com os olhos, ela não se vira. Ela desvia de um turco, que com sua mulher coberta por um véu tira alguns cabides de plástico de dentro de uma grande caixa de papelão. Pouco mais tarde, os dois turcos passam por mim com vários cabides apertados ao corpo. Eu olho para o casal com um bafejo de gratidão. Olhar para eles reforça em mim a sensação de que estou me movendo de novo em um círculo de realidade que jaz bem abaixo da minha própria complicação. Provavelmente por isso já esqueci também da senhora Balkhausen. Cinco minutos depois já me encontro em casa. Cada vez com mais frequência, quando abro a porta do apartamento, acabo me lembrando da minha mãe, como ela, quando eu ainda era criança, chegava em casa e eu corria ao encontro dela vindo das profundezas do apartamento. E como ela suspirava então, dizendo que eu pelo menos a deixasse chegar em casa antes. E como eu ficava um pouco magoado logo depois, porque ela não estava tão alegre quanto eu. Agora adentro o corredor do aparamento e digo à meia-voz a mesma frase que minha mãe dizia na época: Pelo menos me deixe chegar em casa antes! E olho em torno, para ver se não me encontro como criança indignada, deitado em algum canto. Por alguns momentos, sou ao mesmo tempo minha mãe e seu filho. Em seguida, penso, alguém que chega em casa não é nada mais do que alguém que chega em casa. É tão estranho que sou obrigado a abrir a janela da cozinha. Sobre a mesa, há um pedaço de pão que eu quis jogar fora ontem. Também durante a mastigação vagarosa eu fico um pouco indignado como uma criança de oito anos, e ao mesmo tempo um pouco incomodado como uma mãe de quarenta e oito. Pouco depois, acabo em um estado de espírito maravilhosamente vital. Fecho a janela e vou até o telefone. Ligo para Messerschmidt e lhe digo que aceito sua oferta.

9

O problema é que não conheço praticamente nenhum restaurante, nem bom nem ruim, nem caro nem barato, nem alemão nem estrangeiro. Ir a restaurantes não pertencia a nossos hábitos nos anos que estive com Lisa. Agora devo/preciso encontrar um restaurante que seja agradável e bom e não tão caro assim. Susanne ligou à tarde, quer ser buscada por mim hoje à noite e depois sair para comer. É claro que eu não disse que não conheço os restaurantes da cidade, ela provavelmente também não teria acreditado em mim. Saí de casa cedo, mas ainda não encontrei nenhum restaurante adequado, que eu mais tarde poderei sugerir a Susanne com a maior naturalidade. Percebo apenas que a tarefa não me dá o menor prazer, pelo contrário, há poucas coisas que me sejam tão indiferentes quanto restaurantes. Ainda assim volto a olhar para o interior de um restaurante italiano chamado VERDI, que considero apropriado, uma vez desconsiderado o nome. Não longe do VERDI, fica o MYKONOS, um restaurante grego, que eu excepcionalmente conheço, mas por causa da sua música alta demais não chego nem a considerar. Que critérios devem ser seguidos na escolha de um restaurante? Para mim, qualquer lugar já é quase aceitável quando não está lotado demais; até aceito uma comida não tão maravilhosa, nesse caso. Desse critério Susanne provavelmente não compartilha. Eu abro a porta de um restaurante tailandês, no mesmo instante uma música adocicada de sininhos vem ao meu encontro. Meu Deus do céu! O sol baixo do entardecer deixa todas as pessoas de rosto amarelo. Gosto de algumas crianças que se vangloriam de coisas que inventaram ter vivido. Como elas se voltam com violência, já agora, contra as decepções! Em uma rua perpendicular, uma mãe, sentada em um carro, dá de mamar a um bebê. Mulheres sem contornos, envolvidas em roupagens largas, passam às pressas por mim. Um homem tira duas muletas de plástico de cor azul-celeste de dentro de seu carro e segue manquitolando. Fugidiamente, penso em Lisa. Parece que a esqueci. Não, não é bem assim. Pelo contrário, penso nela todos os dias várias vezes, mas não me causa nada o fato de não mais vê-la. Quanto tempo demorará ainda até eu perder a lembrança do seu rosto e da sua voz? No momento em que quero olhar pela vitrine para dentro de um restaurante espanhol, descubro Himmelsbach. Em sua companhia, Margot. Quer dizer então que eu estava certo! Himmelsbach veste seu casaco de couro já completamente puído e fala com Margot. Em seu pescoço balança uma máquina fotográfica. Ele continua sonhando seu sonho de fotógrafo, e fala a respeito dele. De quando em vez, aponta com o indicador para a câmara e a toma brevemente nas mãos. O restaurante espanhol se chama EL BURRO, e tem cara de ser passável, pelo menos de fora, e à primeira vista. Himmelsbach e Margot agora falam ao mesmo tempo e, enquanto caminham e falam, olham para o chão. Eu sinto uma fraqueza nos joelhos, seguida pela necessidade de me sentar. Mas não posso me sentar agora aqui, preciso ficar de olho em Margot e Himmelsbach. Como assim, sinto uma fraqueza nos *joelhos*? Eu preferia ficar fraco da cabeça, pois aí poderia talvez parar de pensar. Mas sendo como é, me pergunto como devo dizer a Himmelsbach que ele não é mais bem visto no Generalanzeiger. E como poderei dissipar sua suspeita de eu ter colaborado em sua rejeição? É provável que eu faça de conta que esqueci o favor que ele me pediu. Nesse caso, ele achará que sou um preguiçoso de pantufas, e não quererá mais falar comigo. Com esse resultado eu apenas poderei ficar satisfeito. Mas por que então sinto culpa por Himmelsbach dar com os burros na água? Além disso, me incomoda o fato de um leve sentimento de rivalidade se espalhar dentro de mim. Acredito que seja a primeira vez que uma mulher por assim dizer em um processo pendente é por assim dizer tirada de mim ou desencaminhada. Pois muito bem, eu também não me preocupei tanto assim com Margot. Eu deveria ter lhe mostrado que me interesso por ela também fora do salão de beleza. A verdade terrível é que mal me interesso por ela fora do salão de beleza. Mas por que então me dói vê-la agora? E por que eu não gostaria que ela caísse nas mãos de um tipo como Himmelsbach? Um veículo limpador de trilhos passa sibilando e assobiando por mim, e impede que eu siga perseguindo minhas próprias questões. Himmelsbach deita durante a caminhada seu braço direito sobre os ombros de Margot e deixa sua mão balançando diante do corpo dela. Apresso-me um pouco porque quero ver o que Himmelsbach fará com sua mão balançante, e como Margot reagirá a ela. Não demora muito e Himmelsbach deixa sua mão oscilar de modo que toque os seios de Margot de quando em quando. Margot não desvia seu corpo para fugir do abraço. Claramente ela não tem nada a objetar contra os toques. Esse desenrolar dos fatos se mostra favorável ao meu sentimento de rivalidade. Por causa da sua aproximação de colegial, de repente passo a sentir pena de Himmelsbach. Seus toques nos seios de Margot parecem (devem parecer) casuais, como se acontecessem sem querer. É inacreditável! Himmelsbach se comporta como um garoto de dezesseis anos! Sempre outra vez a mão de Himmelsbach toca como que por acaso os bicos dos seios de Margot. Foi exatamente do mesmo jeito que eu me aproximei aos dezessete anos de Judith, que tinha a mesma idade. Os intervalos entre os toques de Himmelsbach ficam cada vez mais breves, até que sua mão direita em dado momento envolve, de modo fugidio, quase que por completo o seio direito de Margot, e Margot não se mostra nem assustada nem admirada, com o resultado. Não dá para acreditar! Himmelsbach com seus cerca de quarenta e dois anos se aproxima de Margot, que mal deve ser mais jovem do que ele, repetindo o mais bolorento dos truques da puberdade.

Em meu interior, transformo-o por causa disso de modo definitivo em uma figura grotesca. Se não me engano, agora não me parece difícil abrir mão de Margot. Em meu pensamento sucede uma negociação bem estranha. Himmelsbach sem querer me ajudou a conseguir um trabalho no Generalanzeiger. Em compensação, eu lhe entrego uma mulher sem lutar por ela. Com a dor que sinto devido à perda, eu pago a culpa de não ter sido bem-sucedido na indicação de Himmelsbach. É assim? Mas eu também sinto culpa por ter ou em breve ter sorte (sucesso) ao me apresentar a Messerschmidt. Essa estranha culpa é incompreensível, e ao mesmo tempo a mais inclemente. Tudo na verdade também pode ser bem diferente (possibilidade II): uma vez que Himmelsbach por minha culpa jamais ficará sabendo que não poderá colaborar com o Generalanzeiger, eu lhe repasso também a culpa por eu ter tido sucesso no Generalanzeiger; pois onde a culpa se apresenta uma vez, também no futuro novas culpas se juntarão a ela. A possibilidade III parece bem distante, o que pode ser uma ilusão: na verdade Himmelsbach e eu já procuramos há tempos um contato físico, que através da colaboração inocente do corpo de Margot enfim se realiza; na medida em que ambos nos relacionamos com Margot, nos aproximamos pela primeira vez. A possibilidade IV é a que mais me abala pessoalmente; segundo ela, minha proximidade demasiada com Himmelsbach apenas deixa claro que a vida inteira é um ato sem fim e recíproco de se impor, um adensamento de melindres sem igual. De repente, volto a sentir os joelhos fracos. Bem que eu disse desde o princípio que as forças dos meus joelhos (das da minha cabeça não vou nem falar) não são suficientes para botar ordem nesses problemas complicados. Por sorte não tenho meu casaco comigo. Do contrário, a estranheza da vida que jamais pode ser autorizada me obrigaria agora a jogar o casaco em alguma moita ou cascalho e depois olhá-lo por dois dias sem dizer palavra. Durante meus debates internos, por sorte acabo perdendo Himmelsbach e Margot de vista. Por alguns instantes, penso se devo ou não deixar a cidade por causa de Himmelsbach. O caráter ridículo dessa ideia me deixa mais fraco ainda. O céu amarelo aos poucos assume a cor das laranjas. Até meu encontro com Susanne, eu ainda tenho mais de uma hora de tempo. Não quero de jeito nenhum ficar o tempo inteiro pensando. Ao que parece, me enganei. No meu interior não aconteceu negociação alguma, mas sim um curvar-se paulatino. Mas o que foi curvado e pelo quê, exatamente? Meu Deus do céu, agora essas perguntas já começam outra vez. Então a visão de um garoto de cerca de dez anos vem em meu socorro. Ele chega à sacada de um prédio em uma rua perpendicular, e deixa uma escova de roupas presa a um longo barbante pender do parapeito da sacada. Por um momento, ele sacode a escova de um lado a outro, depois segura o barbante e espera até que a escova penda imóvel. Eu me sento ao sopé de uma vitrine e contemplo a escova que agora gira bem devagar em torno de si mesma. O garoto recua para dentro do apartamento e fecha a porta da sacada. Pouco depois, na fresta entre as cortinas de uma janela mais ao lado, surge o rosto do garoto. De lá ele contempla a escova de roupas pendurada e imóvel. Eu gostaria de ser indiferente e equilibrado como uma escova, e em seguida ser observado com benevolência por mim mesmo. Alguns segundos mais tarde, sou obrigado a rir da frase anterior. Na verdade, ao mesmo tempo também sou agradecido à frase. Ela é apenas o sinal de que pude me acalmar. Agora acredito inclusive que parte desse equilíbrio da escova passa a mim mesmo. No momento, eu não me incomodo mais com o fato de não compreender tudo. O céu alaranjado muda mais uma vez de cor. Sobre as quinas dos telhados começa a aparecer um rosa envelhecido, que no alto atinge a cor malva. Um vento leve, que mal pode ser percebido, balança a escova de um lado a outro. Também esse balançar que não leva a nada eu aceitaria com gosto. Agora considero uma dignidade da minha parte não compreender tudo. Depois de quarenta e cinco minutos, tenho a sensação de que a escova de roupas balança de um lado a outro no interior do meu corpo.

Susanne lamentavelmente não teve a oportunidade de passar a última hora nas proximidades de uma escova de roupas a balançar com suavidade. Ela está nervosa, vazia, desgastada. Nós vamos ao VERDI. A cozinha é tida como cem por cento, o restaurante está quase cheio. Por sorte não há música, a luz é atenuada. Durante alguns instantes, acompanho as pessoas e vejo como elas não param de se ajeitar, como elas limpam as bocas, como puxam suas calças e saias para cima, e arrumam seus penteados. Susanne pede um peito de frango com molho de mostarda e estragão, eu acabo pedindo uma *focaccia* com sálvia. Susanne passa a suspeitar das pessoas em volta, ou então a praguejar contra elas em voz baixa.

Não posso ver rostos insatisfeitos perto de mim hoje, diz Susanne, eles apenas me tornam agressiva e furiosa.

Susanne não consegue suportar nem mesmo que a colher na bacia da salada aponte para ela. Eu começo a achar que em pouco ela se queixará da vida falsa em que está enfiada já há tanto tempo, e me contará a história da sua carreira no teatro, que ela reprime já há tanto tempo. Quando Lisa estava aborrecida desse jeito, eu sabia que ela em pouco ficaria menstruada e vivia bem perto das fronteiras do choro. A expressão fronteiras do choro foi inventada por Lisa. Eu agora gostaria de voltar a usá-la, e perguntar diretamente a Susanne: Você se encontra perto das fronteiras do choro? É possível que Susanne se alegrasse por eu ter reconhecido sua situação tão bem. O garçom traz o peito de frango para Susanne e para mim a *focaccia*. Nós atacamos o jantar com uma pressa demasiadamente grande. Mas, depois de algum tempo, Susanne estaria ainda mais incomodada, porque naturalmente imaginaria que não fui eu que inventei a expressão fronteiras do choro. Eu ficaria intimidado e admitiria que a expressão está entre as poucas coisas que me restaram de Lisa (além do dinheiro, que eu naturalmente não mencionaria). Então eu falaria como é miserável para mim a situação de, assim que começo a compreender mais ou menos uma pessoa, ser obrigado a me lembrar de outra pessoa que conheci *antes*. Só bem tarde reconheci que as pessoas são muito parecidas umas com as outras. Antes disso, eu acreditei por muito tempo que elas eram muito diferentes. Tudo isso muito embora na época apenas a expressão fronteiras do choro fosse boa, não seu efeito. Ela acabou se adiantando a muitas coisas que Lisa poderia ter me dito, se essa expressão não tivesse me impressionado e distraído tanto assim. Fronteiras do choro!, eu voltava a exclamar sempre de novo, e ria, e não percebia como Lisa se fazia silenciosa diante da sua própria expressão, pelo menos muitas vezes.

Ainda que eu não conheça nenhuma das pessoas presentes aqui, diz Susanne, tenho a sensação de ontem mesmo ter tomado o café da manhã com elas em alguma cozinha coletiva.

Não sei o que devo dizer a isso. O clima entre Susanne e eu não me agrada muito. Para melhorá-lo, conto uma fantasia que eu tinha na época em que escrevia minhas cartas *kitsch* a ela.

Na época, imaginei várias vezes que quando eu chegasse em casa à tardinha encontraria você sentada diante da porta do meu apartamento.

Você teria me deixado entrar?

Era uma fantasia, nada mais do que isso.

Quer dizer então que você não teria me deixado entrar?

É claro que eu teria. Em algumas das tardinhas achei tanto que encontraria você na frente da minha porta, que meus olhos chegavam a se umedecer de tanto nervosismo.

De nervosismo ou de esperança?

Isso eu não fui capaz de distinguir na época.

Nós rimos.

Quando ficava de olhos umedecidos, eu não conseguia mais pensar, pelo menos era assim naquela época.

Claro. E hoje?

Hoje eu não tenho mais fantasias.

Você está falando sério?

Sim. Minhas fantasias em algum momento se extinguiram.

Não acredito nisso, diz Susanne; provavelmente você se misturou tanto com suas fantasias que elas nem sequer mais chamam sua atenção.

Nesse momento, é ligada a música ambiente do restaurante. Isso não é um bom sinal para o prosseguimento dessa noite. Susanne arqueja, e empurra o resto do seu frango para o meio da mesa. É de se supor que eu tivesse de garantir que nos encontrássemos em um restaurante sem música. Susanne olha em torno. Por alguns momentos, nós não dizemos nada um ao outro.

Olhe para essas mulheres, diz Susanne, como a aparência delas é dúbia! Uma olhada a seus seios pode ser até estimulante, mas olhe os rostos tristes acima deles! O olhar! Os lábios amargos! E já fica claro que a alegria com seus seios não será grande.

Eu penso se devo ou não pedir sobremesa, mas então pergunto: Vamos embora?

Antes vamos terminar de beber nosso vinho, diz Susanne.

Um garçom percebeu imediatamente que queremos ir embora. Ele se aproxima, e deixa a conta na borda da mesa.

Você ficaria comigo hoje à noite?, pergunta Susanne.

Se você me aguentar, digo.

Eu queria perguntar se você me aguenta.

Nós rimos.

Mas você precisaria antes se encarregar de uma tarefa, diz Susanne.

Eu fico à espera.

Lamentavelmente acordo muitas vezes, diz Susanne, pelo menos no momento, porque estou um pouco ansiosa e instável. Vou ligar a luz várias vezes e observar minha língua machucada no espelho de bolso, vou ficar em pânico, sentindo medo de câncer, de câncer de ovário e coisa e tal. Na minha mesa de cabeceira há meia barra de chocolate, e, se eu falar demais, você deve pegar um pequeno pedaço de chocolate e enfiar na minha boca e depois apertar minha cabeça bem suavemente ao travesseiro. Então vou poder dormir de novo com o chocolate derretendo bem devagar na minha boca.

Eu me encarrego da tarefa, digo.

Apenas em seu quarto Susanne me pergunta se o vestido dela me agrada. Ela usa um modelo aviador estilizado, feito de fibra natural leve, de cor cinza-clara, com fechos aplicados diagonalmente, que durante a noite inteira permanecem meio abertos. Debaixo brilha uma blusa amarelo-limão, em cujo decote pode ser visto um colar com pérolas infantilmente diminutas. Abaixo dos seus olhos Susanne passou um pouco de pó dourado, que ela agora limpa. Ela também tira os brincos piramidais.

Não sei o que fazer, digo eu, falando a verdade; a fim de que minha resposta não soe demasiado decepcionante, eu acrescento: De um modo geral, as mulheres supervalorizam o efeito das suas roupas, pelo menos sobre os homens. Para a maior parte dos homens não é importante como as mulheres se vestem.

Você está entre esses homens.

Temo que sim.

Da sua mesinha de cabeceira, ela tira meia barra de chocolate e a posiciona do outro lado da cama. Além disso, pega uma caixa de fósforos. Ela acende, uma após a outra, as seis velas de um castiçal que se encontra sobre uma cômoda.

Eu às vezes ganho de presente, da proprietária de uma butique onde compro frequentemente, uma blusa ou um vestido que ela já usou duas ou três vezes, e por isso não quer vender.

Ah tá, murmuro distraído.

Vejo que você realmente não se interessa por roupas.

Devo me desculpar por isso?

Susanne ri e afasta ainda mais o castiçal com as seis velas. No fundo de uma tigela de frutas que está cheia até a metade com laranjas e maçãs, vejo um rolinho de comprimidos para dor de cabeça e penso apenas: sim, mas é claro.

Não acredite que eu sou *kitsch* e quero fazer amor ao clarão de velas, diz Susanne: o motivo é bem mais simples: eu não gostaria de ser olhada com muito detalhismo.

Oh Deus, eu respondo, também esse problema é supervalorizado pelas mulheres.

Acho que você quer apenas me tranquilizar, diz Susanne.

A mim também.

No fundo, Susanne é provavelmente melancólica, por isso nós podemos falar um com o outro e até nos entendermos mais ou menos. Ainda que até agora não tenha ficado claro para mim se Susanne sabe ou não da sua melancolia. Os cultos materiais em torno dela (roupas demais, conversas demais, busca de sentido demais, decoração demais) apontam antes para o fato de ela não saber.

Você precisa ter coragem de ser entediante, digo.

Por quê?

Não é possível negar de maneira duradoura o tédio do amor.

Não posso me dar a esse luxo, diz Susanne.

O que impede você?

É que já luto metade da minha vida contra a ideia de que nem sequer estou aqui.

As mulheres entediantes é que chegam mais longe; seu amor é duradouro e profundo, digo.

Susanne bota duas laranjas e uma maçã ao lado do castiçal.

Você quer comer uma laranja?, pergunto.

Não, quero apenas ver as frutas com nitidez quando estou deitada na cama, do contrário depois de algum tempo sou tomada pela sensação de estar deitada em uma câmara mortuária.

Você pensa demais, digo.

Claro, diz Susanne, e você por acaso não?

Nós rimos e nos beijamos. Então ela senta com suas pernas nuas à borda da cama e pergunta: Você pode me olhar de modo bem crítico uma vez?

Eu me sento na única cadeira do quarto e contemplo Susanne. Temo um pouco o fato de que talvez para uma mulher como Susanne também a sexualidade tenha de ser chique, exatamente como a comida e os restaurantes e as roupas e o final de semana.

E então?, pergunta Susanne.

Então o quê?

Alguma coisa chama sua atenção?

Eu não imagino aonde você quer chegar.

Então me olhe mais detidamente.

Eu olho para Susanne com tanta precisão e de modo tão investigativo como me é possível pouco depois das onze horas da noite.

Você não vê, diz Susanne, que abaixo dos meus joelhos cresceu mais um par de joelhos?

Eu fico em silêncio, e contemplo os joelhos de Susanne.

No princípio, eram apenas aglomerações imprecisas, parecendo bolotas, diz Susanne, eu achei que elas voltariam a desaparecer depois de algum tempo. Mas que nada! Elas ficaram cada vez maiores e se arredondam dia a dia, e agora já parece que tenho *dois* joelhos em cada perna. Tenho pernas iguais às de uma mulher velha!

Susanne aperta suas pernas como se faz em partes enfermas do corpo.

Eu tiro a camisa e a calça e digo: Existem apenas duas mudanças reais quando se fica mais velho; nos homens as orelhas ficam maiores, nas mulheres os narizes.

Susanne ri e esquece seus joelhos duplos, pelo menos por enquanto. Ela me puxa para a cama e me beija com violência, e como se pressionada pelo tempo. Fico surpreso e por outro lado tento me convencer de que minha surpresa não é apropriada. Agora está acontecendo apenas o que você mesmo tramou: Você se fez de importante para uma mulher. Susanne me vira de costas me beijando. Ela não consegue esperar até que minha ereção seja suficiente para a relação sexual. Senta-se sobre meu membro semiereto, e em seguida deita seu tronco sobre o meu. Talvez ela sinta vergonha dos seus seios que não são mais rijos. Começamos de modo errado, deveríamos poder começar tudo de novo. Penetro-a, mas uma vez que ainda não estou duro o suficiente, escorrego para fora do seu ventre logo em seguida. Enquanto isso, vejo que me esqueci de tirar as meias. Imagino imediatamente que Susanne não conseguirá suportar isso. No momento, não me é possível tirar as meias sem ser percebido e fazê-las desaparecer. A mim mesmo a adversidade não chega a prejudicar, pelo contrário. Adversidades produzem inocência; elas me lembram imperceptivelmente de que não conheço e jamais conheci o suficiente da vida. Prontamente derrapo para o meu sentimento fundamental, o de que sempre me oriento apenas mais ou menos, e por isso vivo por engano. Tudo isso muito embora o corpo de Susanne seja mole e instile em mim uma confiança infantil. Do sentimento de viver por engano, uma vez que não é refreado, surge a ideia de um pequeno e vergonhoso fracasso. Também esse sentimento me é familiar. Estou habituado a seguir adiante quando fracasso. Por um instante, não sei o que está acontecendo, e como escaparei disso, mas sigo adiante. E por tanto tempo até que de repente tenho a impressão de que me encontro no meio de um novo e segundo começo. Susanne e eu agora não falamos mais. Eu tiro Susanne de cima de mim e a deito a meu lado. Enquanto o faço, consigo enviar meus pés para baixo de uma ponta do lençol. O órgão sexual de Susanne agora exala um odor levemente azedo, que provavelmente não agrade a Susanne, mas acaba me excitando. De repente, a cama tem o cheiro da gaveta de pão quase sempre aberta da cozinha da minha mãe. Susanne me olha, eu preferiria distraí-la do seu medo e lhe dizer: Fique calma, seu perfume é como o de uma boa e velha padaria. Provavelmente Susanne não concordasse também com essa metáfora. É proibido tentar influenciar com uma ideia cotidiana o nosso zelo amoroso sempre em busca do sublime. Eu me viro e abro as pernas de Susanne. Com o traseiro, deslizo para fora da cama. Susanne percebe minhas intenções e joga seu baixo-ventre a meu encontro. Ela abre as pernas tanto quanto pode. Eu me curvo sobre ela e beijo seu sexo levemente azedo. Apenas com isso consigo expressar que nada tenho a objetar ao cheiro de pão do amor, pelo contrário. Susanne gane baixinho e segura minha cabeça com ambas as mãos. Com os lábios em forma de bico, eu sugo os lábios da sua vulva para dentro da minha boca e, quando eles deslizam para fora, faço com que escorreguem sobre meus dentes inferiores. Exatamente nesse momento me lembro de Himmelsbach. Eu o vejo passeando com Margot pela cidade. É como se meu princípio de amor com Susanne fosse perturbado mais uma vez. Eu zombo de Himmelsbach e das suas tentativas colegiais de aproximação. Deixo os lábios da vulva de Susanne deslizarem para fora da minha boca e penso: Você está vendo, Himmelsbach, é assim que se faz. Beijo o sexo de Susanne mais longamente do que o previsto. O tempo em excesso se deve à expulsão de Himmelsbach da minha consciência. Uma vez que não sei se terei sucesso na empreitada, o suor começa a brotar do meu pescoço e da minha cabeça. Se continuar assim, Susanne e eu necessitaremos de um terceiro recomeço no amor. Não sei o que devo fazer para não pensar em Himmelsbach. Resta-me apenas o aprofundamento aos poucos mais fraco e vazio no sexo de Susanne. Enquanto isso, fico pensando que estou fazendo constantemente pequenas reverências diante da vida. E ao mesmo tempo faço com isso a própria vida se curvar. Surge entre as pernas de Susanne a esperança de que um dia poderei dar autorização à vida, se eu me curvar suficientes vezes diante dela. No fim não deve mais ser discernível se eu me curvo à vida ou se a fiz se curvar. Então enfim minha inacreditável paciência sairia vitoriosa. Ao que parece, obtenho sucesso com minha ideia de se curvar em reverência. Himmelsbach desaparece dos meus pensamentos, eu não estou mais falando com ele. Talvez também seja o cheiro de pão da excitação de Susanne que faz meu órgão sexual endurecer de novo. Eu me levanto e empurro o corpo de Susanne um pouco mais para o meio da cama. Dessa vez ela fica imóvel, de modo que posso penetrá-la sem quaisquer complicações. O júbilo logo após um fracasso ameaçador é o mais forte. Minhas estocadas parecem reverências perfeitas, agora também diante do amor. Susanne geme e pia como um animalzinho. É como se ela jamais conseguisse voltar a dizer palavras de verdade. Isso muito embora já dois minutos depois ela diga que eu devo tomar cuidado.

O que você quer que eu faça, eu pergunto, devo sair?

Fique enquanto você puder, depois faça em cima da minha barriga. O pedido excita minhas ideias, de tal modo que não posso estender a relação por muito tempo. Susanne vira o rosto para o lado e estende os braços a sua frente. Por sorte, não sou um daqueles homens aos quais o sêmen escapa sem anúncios internos. Minha sensação física consegue determinar com precisão os instantes em que o esguicho do sêmen se forma para se soltar logo em seguida. Quando é chegado o momento, eu me solto de Susanne e me curvo às pressas sobre ela, o sêmen esguicha sobre sua barriga. Susanne suspira e soluça e me ajuda a descer de cima dela. Pouco depois, ela começa a esfregar com a mão o sêmen na sua barriga. Eu assisto por um momento e quero perguntar alguma coisa, mas então me ocorre que é melhor não perguntar a uma mulher em silêncio o que ela está fazendo.

10

Durante dias fiquei pensando se devo ceder ou não ao meu aborrecimento e desistir do trabalho de testador de sapatos. Só ontem à noite
decidi manter o emprego como bico por algum tempo, apesar do pagamento que piorou. Estou sentado no quarto e digito os relatórios de teste
para os sapatos que recebi de Habedank no último encontro. É claro
que no passado já trabalhei de modo desleixado, mas hoje pela primeira
vez estou inventando de cabo a rabo os relatórios de teste. No futuro,
entregarei apenas relatórios imaginados e, para compensar a queda nos
honorários, venderei regularmente os sapatos no mercado de pulgas.
Chove há dias. Estou sentado na sala frontal, de janela aberta. Aprecio
o cheiro que levanta das profundezas da cidade depois de uma chuva
demorada. É uma mistura de argamassa, lama, bolor, urina, pó, pântano
e ferrugem. De quando em quando, interrompo o trabalho, ando um
pouco pela casa, e contemplo as pessoas nos prédios em frente. Também
elas me contemplam, nós não fugimos uns dos outros, às vezes sorrimos
um pouco, talvez a chuva tenha nos tornado mais ternos. O que mais
me impressiona no momento é uma mulher de cerca de sessenta anos,
que varre com todo o cuidado a sujeira e o pó da sua sacada, juntando
em um monte que no entanto ela deixa onde está, e de vez em quando o
contempla de dentro da sua casa. Por mim, não precisariam acontecer
coisas mais importantes. O vento vem e espalha o montinho juntado
pela mulher. A mulher contempla a destruição do seu trabalho, mas não
faz nada para evitá-la. No terceiro dia de chuva, a senhora Balkhausen

me liga. Fico lacônico, quase confuso ao telefone por algum tempo. Para ser mais exato, não sei ao certo o que me une à senhora Balkhausen, e ao que tudo indica não consigo escondê-lo de todo. Prontamente me assalta meu sentimento mais frequente quando estou ao telefone: o de que preciso me preparar para a chegada de uma notícia ruim, mas os preparativos chegam tarde demais, e eu preciso ouvir a notícia ruim sem qualquer proteção. Isso muito embora a senhora Balkhausen consiga esboçar apenas a caricatura de uma notícia ruim. Ela é daquelas pessoas que consegue conversar comigo sem que eu faça absolutamente nada para que isso aconteça.

Três coisas acabaram de estragar em minha casa, ela diz; a lâmpada do banheiro queimou, um vaso me caiu das mãos, e a costura de uma calça rasgou!

A senhora Balkhausen ri, eu fico em silêncio, ou melhor, consigo esboçar uma frase breve, que acaba se revelando um desastre quando a pronuncio.

Então decidi telefonar ao senhor!, exclama a senhora Balkhausen; o senhor mesmo me encorajou a fazê-lo! Estou falando com o Instituto de Arte da Memória, não é?

Oh, Deus! Esqueci desse instituto tanto quanto me esqueci da senhora Balkhausen; agora eu também rio, mas percebo que uma risada não será suficiente para fazer com que o instituto seja esquecido.

Pensei tantas vezes sobre o seu instituto!, diz a senhora Balkhausen.

Falamos por tempo demais sobre se devemos nos encontrar à tarde, à tardinha ou à noite. Eu agora lembro que a senhora Balkhausen reservou uma unidade de vivência junto ao Instituto de Arte da Memória, ou seja, junto a mim e comigo. A senhora Balkhausen prefere se encontrar comigo à tarde.

À noite até se pode ir a um restaurante, ela diz, mas então se é obrigado a compartilhar espaço com esse terrível proletariado das vivências! E com essas pessoas eu não quero mais me meter!

A expressão proletariado das vivências eu jamais ouvi, e fico pensando o que poderia ser um proletariado das vivências, ou se a senhora Balkhausen apenas inventou essa expressão para me dar uma ideia de que é uma pessoa exigente e complicada, que não se satisfaz com vivências produzidas em série. Durante todo o telefonema, eu fico olhando para dentro do meu quarto de folhas aberto. As folhas entrementes já secaram por completo, e se enrolaram ou dobraram de um modo impressionante. Por um momento, fica claro para mim porque sempre desejei um quarto de folhas. É que deveria existir pelo menos um espaço no mundo no qual eu não possa ser assustado. É que deveria existir pelo menos um espaço no qual nada pisa nos meus calos, no qual não se pode fazer qualquer exigência a mim. Quando caminho entre folhas, desaparece até mesmo a sensação de que eu teria de ajustar as contas com alguma coisa. Sem dúvida o quarto de folhas é uma invenção da minha alma talvez astuta.

Eu busco experiências únicas, diz a senhora Balkhausen, experiências genuínas, pessoais, o senhor me entende, não é verdade?

Ainda que eu não tenha a menor ideia sobre o que deva fazer com a senhora Balkhausen, combino encontrá-la às dezesseis horas.

No ancoradouro dos navios.

No ancoradouro dos navios, repete a senhora Balkhausen, e em seguida desligamos.

Na verdade o verão está chegando ao fim, o que me interessa significativamente mais. A relva perde seu brilho, e as folhas não apenas ficam amarelas, elas também caem das árvores. Há dias algumas gaivotas descrevem círculos sobre os telhados. De onde será que elas vêm?

Talvez a chuva as tenha atraído, talvez elas suspeitem que existam águas grandes nas proximidades. Agora elas olham lá do alto para as donas de casa, para como estas penduram roupas limpas em sacadas profundas. Todos os dias se abrem portas de sacadas à volta, mulheres aparecem e examinam com a mão se as roupas estão secas, meio secas ou quase secas. Suspeito que uma mulher de mais idade que acaba de aparecer em sua sacada com um cesto de plástico cheio de roupas limpas tenha enlouquecido um pouco de tanto lidar com suas roupas. Ela pendura as roupas e volta a desaparecer dentro de casa. Mas já depois de dois minutos a mulher verifica pela primeira vez se as roupas talvez já não estejam secas. Mais uma vez ela recua para dentro de casa, mas depois de bem pouco tempo volta a aparecer na sacada e repete o toque verificador nas roupas. Ela permite que sua louca impaciência a leve ao esgotamento. Talvez também seja o contrário: só no esgotamento ela encontra momentaneamente paz para sua loucura. Em pouco tempo, a mulher toca as roupas de dez a quinze vezes, depois afunda de repente em um sofá de palhinha e fica sentada entre lençóis que farfalham de leve de um lado a outro. A mulher contempla outra vizinha, que foi à sacada apenas para fumar, e adormece enquanto isso. Sua cabeça agora está apoiada à parede traseira da sacada, a boca se encontra aberta, as mãos deitadas imóveis sobre o colo. Os lençóis pendurados à esquerda e à direita são como mortalhas, que logo serão estendidas sobre ela. Mas então a mulher acaba acordando mais uma vez e imediatamente toca as roupas, que obviamente ainda não estão secas. É um quadro fantástico. A morta desperta, e, ao tocar as mortalhas, acaba escapando a sua morte real mais uma vez. A fumante nesse ínterim já começou seu segundo cigarro. Ficou um pouco irada e agressiva por estar sendo observada. Embora não haja ninguém presente contra quem ela possa se mostrar agressiva. Ela apenas olha em volta chamejante e melancólica, e traga seu cigarro com uma violência um pouco demasiada. Logo depois, eu mesmo me enrolo nas cordas da minha loucura. No caminho ao banheiro, olho um pouco demais ao espelho do corredor e de repente me convenço de que tenho outra vez o rosto de um garoto de onze anos. É um rosto esbranquiçado, arredondado, quase no formato da lua, de cabelos claros nas bordas. Os olhos são azuis e aguados, os lábios colam, secos, um sobre o outro, a pele está um pouco mais áspera, na boca um gosto sensaborão insiste em ficar e não desaparece, o couro cabeludo coça sem parar, a língua não se mexe, só os pequenos olhos da lua erram de um lado a outro e não param de perguntar: quando é que a tortura começa na vida? E o que a traz? Será que alguém zombará de mim? Será que outra criança logo dirá que sou um pequeno bezerro da lua? E em seguida tocará meu pulôver ridículo e enfim me caçoará também por causa da minha roupa? E será que então eu irei para casa e, assim como faço agora de novo, me sentarei em um sofá, esperando até que o fantasma volte a desaparecer? Com *este* rosto eu não poderei me apresentar à senhora Balkhausen. O fugidio, o assustado, o escapista-incapaz da minha infância volta a cada pouco a perpassar meu corpo, e me deprime por quase uma hora sobre o sofá. Em seguida me levanto e abro a porta do armário. Agora há pelo menos dois fenômenos estranhos neste ambiente, um armário aberto e eu. Assim como a mulher na sacada, eu toco com minha mão as roupas que ainda foram passadas a ferro por Lisa. Pego uma das toalhas e a carrego por algum tempo pela casa. Fico cansado assim como a mulher da sacada. Volto a me deitar no sofá, a toalha dobrada serve de travesseiro. A toalha exala o cheiro de Lisa, ele me ajuda a pegar no sono. Durmo por cerca de uma hora. Depois disso o fantasma do rosto infantil desapareceu.

Os dias inteiros de chuva fizeram o rio avançar sobre as margens. Os prados em que eu passeava estão consideravelmente cobertos de água. O ancoradouro dos navios foi desativado, o rio corre e bate e troveja ao longo dos barrancos de pedra da margem. A senhora Balkhausen está parada próxima de um caminhão dos bombeiros, e observa como alguns homens tapam as janelas dos porões de algumas casas com sacos de areia. A senhora Balkhausen usa um vestido cor de terra e parece resignada. Encolhida e talvez um pouco atormentada, ela olha para o lado quando vou a seu encontro e a cumprimento. Na verdade queremos passear, mas então descobrimos que a visão da correnteza do rio à nossa frente nos agrada. Por isso, nos sentamos em um banco e olhamos para a água amarela de argila. Pouco depois, a senhora Balkhausen fala sobre o problema do seu tédio.

Posso fazer o que eu quiser, ela diz, sempre já sei antes de tudo começar que logo estarei aborrecida. Nos últimos meses, as coisas ficaram tão ruins que eu pensei que precisava fazer alguma coisa... e então por uma providência do destino conheci o senhor.

Eu estremeço, coisa que a senhora Balkhausen não percebe.

De que tipo de tédio a senhora sofre?, pergunto; trata-se de um tédio individual ou de um tédio de massa?

Tédio individual?, a senhora Balkhausen pergunta.

A senhora tem a sensação, eu pergunto, de que quando está consigo mesma o tédio surge dentro da senhora sem que a senhora possa se defender, ele simplesmente vem, por assim dizer repentino e perverso?

Sim, exatamente, repentino e perverso.

Então se trata de um tédio individual, digo eu; ou então é assim: a senhora está junto com outras pessoas, no teatro ou na hidroginástica ou em qualquer outro lugar, a senhora está se divertindo, e aliás foi ao teatro ou à hidroginástica porque quer se divertir, mas de repente sente que tudo o que a diverte na verdade a aborrece.

Isso acontece do mesmo jeito e com a mesma frequência!, diz a senhora Balkhausen. E me parece especialmente incômodo. Estou com vários conhecidos, convencida de que estou me divertindo e de que me sinto bem, e mesmo assim sinto de repente que nada me toca de verdade, que tudo passa por mim sem me comover, uma sensação terrível. Isso é um tédio de massa ou está mais para um tédio individual?

Nós agora estamos em meio a uma legítima conversa terapêutica; não consigo refrear a senhora Balkhausen nem a mim mesmo.

Como foi em seu último ataque de tédio? O que apareceu primeiro: o aborrecimento próprio ou o aborrecimento dos outros?

No meu último... sim... como foi, murmura a senhora Balkhausen, ah sim... oh, meu Deus... Tübingen... horrível... tenho vergonha de falar disso.

A senhora estava sozinha?, pergunto; seco o suor do embaraço que surge em minha testa. A senhora Balkhausen me observa, mas ela considera minha transpiração, eu acho, um sinal de seriedade e aprofundamento.

Não, diz a senhora Balkhausen, estava com meu namorado passeando, ele lia um artigo sobre uma grande exposição de impressionistas na Kunsthalle de Tübingen. Imediatamente eu disse: vamos lá! Os impressionistas! Meu Deus do céu! Enfim poderemos ver os originais. Nós ficamos realmente alegres com isso. Queríamos pernoitar na cidade, para poder olhar os quadros ainda no dia seguinte. Olhar uma só vez não é suficiente quando se trata de pinturas tão famosas, não é verdade?! Mas então, depois de horas de viagem, entramos na Kunsthalle de Tübingen. Logo à direita, estava pendurado o quadro... é... a colheita, acho que é esse o nome, ou alguma coisa assim, pouco importa, esse quadro maravilhoso do verão, o senhor deve conhecê-lo! Então fui tomada de um tédio terrível! Pensei: meu Deus do céu, Cézanne. Olho para a esquerda, lá estava pendurado outro quadro de verão, cujo título não me ocorre, eu pensei: esses quadros hoje em dia estão pendurados em todas as salas de aula e todas as secretarias, quem ainda aguenta olhar para eles! Essa singela arte de sala de espera! O tédio me paralisou. Eu mal conseguia dar um passo adiante. Então olhei para meu namorado, ele já estava de novo lá fora em seus pensamentos. Ele já se entediara durante a viagem de carro. Apenas ficara de bico calado porque não queria estragar o meu prazer. E então ele disse que já na autoestrada imaginara o empurra-empurra diante dos quadros, você leva cotoveladas de todos os lados, ele disse, à esquerda há um guia para donas de casa de Reutlingen, à direita há um guia para donas de casa de Böblingen, por trás você sente o cheiro do suor de homens idosos, e à sua frente uma turma escolar de Ravensburg não para de fazer estardalhaço! Logo depois fomos até o carro e voltamos para casa.

Sem ter visto os quadros?

Sim, diz a senhora Balkhausen, sem ter visto os quadros.

A senhora Balkhausen está meio esgotada, meio consternada por causa da sua narrativa. Nós ficamos em silêncio, olhamos para a correnteza da água. Uma pequena mesa de madeira passa por nós com as pernas viradas para cima. Eu fico pensando porque foi que a senhora Balkhausen me contou a história do seu tédio de Tübingen. Encontro apenas uma explicação: a senhora Balkhausen é uma dessas paralisadoras que perambulam por aí. Sou impotente diante dela. Agora um colchão cheio de água é arrastado diante dos nossos olhos, seguido por galhos e ramagens quebradas ou arrancadas. Um carro de polícia estaciona na ponte. Três policiais saltam de dentro dele e começam a interromper o acesso à ponte. A escadaria usada pelos pedestres já está debaixo da água, a ponte não pode mais ser usada. Estou contente por ver que algo acontece diante dos nossos olhos. Pois não tenho a menor ideia de qual deve ser a pergunta que farei agora, ou de como analisarei a narrativa da senhora Balkhausen, ou ainda que conselho eu poderei lhe dar em sua necessidade vital. Entrementes, aliás, já acho que não existe ninguém que é/seria capaz de ajudar a senhora Balkhausen em suas agruras. Ela também não quer ser ajudada, ela apenas quer continuar a paralisar alguém, hoje portanto eu. É por isso que eu a princípio poderia confessar que nosso encontro foi um mal-entendido. Senhora Balkhausen, eu não sou terapeuta de vivências, apenas brinquei um pouquinho quando falei disso, e a senhora acabou caindo na minha esparrela. É provável que a senhora Balkhausen fosse obrigada a rir, porque continuo acreditando que *ela* caiu *na minha*. O carro de uma equipe de televisão estaciona junto à ponte. Um homem com uma câmera, um com o áudio e uma repórter desembarcam, acompanhados por um ajudante, que desempacota os aparelhos. A senhora Balkhausen e eu observamos, o tempo passa agradável, meu desmascaramento como vigarista e charlatão é adiado mais uma vez. Nesse meio tempo ensaio em silêncio as frases que depois direi para me desculpar. A senhora está vendo, foi apenas o humor do espumante. Meu temperamento às vezes me trai. Quantas vezes a senhora acredita que já fui vítima da minha própria vontade de falar demais? Isso deveria bastar, mais ou menos isso. A repórter de televisão pega o microfone e faz perguntas aos passantes, por que eles estão ali e o que eles acham de interessante na enchente. Os passantes apenas respondem de modo esquivo ou confuso. Dizem *só assim* ou *por acaso* ou *não sei*, ou fazem apenas *ééé*.

A mim mais uma vez ninguém pergunta nada, diz a senhora Balkhausen a meu lado.

A senhora gostaria de ser perguntada? O que a senhora responderia?

Eu naturalmente também sinto vergonha, diz a senhora Balkhausen, mas se eu não sentisse vergonha, diria: eu amo a enchente, porque gostaria de ver o mundo afundar.

A senhora Balkhausen ri, eu rio com ela.

A senhora precisa a todo custo dizer essa frase para a câmera, eu digo.

Mas eu sinto vergonha, ela diz; quando a câmera está voltada para mim, não consigo dizer uma frase sequer, além disso eles acabariam cortando a minha explicação.

Não acredito que fosse assim, pelo contrário, digo eu, hoje em dia só é mostrado o que é absurdo e improvável.

Mas eu sinto vergonha mesmo assim, diz a senhora Balkhausen.

Por quê?

Na verdade eu gostaria de dizer frases bem singelas, eu não gostaria de aparecer.

Não acredito no que a senhora está dizendo.

Acha que quero aparecer?

Sim.

E como devo fazer para conseguir?

Vou com a senhora.

E depois?

Vamos até a repórter como quem não quer nada, eu digo; a repórter descobrirá a senhora e lhe apontará o microfone, aí a senhora dirá a frase que acabou de me dizer.

A senhora Balkhausen resiste um pouco, mas também está excitada com a possiblidade de poder dizer algo para uma câmera. Nós nos levantamos, e fazemos de conta que queremos ir embora. Mas então damos meia-volta e andamos em direção à equipe de TV. A repórter se afasta da sua equipe e se volta com o rosto amável para a senhora

Balkhausen. Acontece exatamente aquilo que eu havia previsto. E a senhora Balkhausen encontra forças para dizer sua frase: Gosto da enchente porque gostaria de ver o mundo afundar.

A repórter se mostra surpresa e alegre e diz: Que original! E em seguida continua investigando: Mas o mundo nem pode afundar?!

É claro que não, diz a senhora Balkhausen, apenas parece que será assim, a senhora entende?

Ahá, diz a repórter, a senhora gosta da aparência?

Sim, diz a senhora Balkhausen, da aparência e do como-se! A gente pensa, finalmente esse entulho todo será levado embora, mas então ele fica, ou pior, acaba voltando! Foi apenas uma pequena inundação e nada mais!

A repórter dá uma risadinha e baixa o microfone. É uma bela declaração, ela diz.

A senhora irá colocá-la no ar?, pergunta a senhora Balkhausen.

Não posso dizer com certeza, mas é provável que sim.

Quando?

Hoje, às dezenove horas, no noticiário da noite.

A repórter agradece e se volta para os outros turistas da enchente. O entusiasmo faz a senhora Balkhausen se enganchar em meu braço.

É inacreditável, diz a senhora Balkhausen quando vamos embora; eu realmente disse o que penso, acho que isso jamais me aconteceu.

O exercício de vivências de duas horas que ela contratou comigo chegou ao fim. A senhora Balkhausen abre sua pequena bolsa de mão e me paga os honorários combinados, no valor de duzentos marcos. Não sei se ela percebe as diferentes inibições que perpassam meu corpo no presente instante. Eu me esforço para não permitir que me venha alguma ideia. Não tenho sucesso. Um mal-estar torturante se espraia dentro de mim. Então a senhora Balkhausen se despede.

Posso telefonar ao senhor de novo se precisar?, ela pergunta.

Mas é claro, eu digo absurdamente zeloso, e ainda por cima assinto com um gesto de cabeça.

A senhora Balkhausen segue para a esquerda, em direção à Ponte Sul, que ainda não foi interditada. O número de curiosos é cada vez maior junto ao ancoradouro dos navios, que agora está quase todo tomado pela água. Só o corrimão de ferro do deque ainda aparece à superfície da água. A senhora Balkhausen provavelmente gostasse de ver o corrimão balançando, abandonado. A polícia termina seus trabalhos de interdição. A equipe de TV guarda os aparelhos no carro. As margens repentinamente abandonadas me mantêm prisioneiro. Gosto sobretudo do barco de madeira atado a uma árvore, que se embala de um lado a outro ao sabor da corrente. Ele está com água pela metade, não consegue mais boiar muito bem, mas também não afunda. Exatamente assim eu me sinto, penso logo em seguida, e também rapidamente essa comparação entre minha vida e o barco me parece ridícula. Meu Deus do céu, como me dá nos nervos essa obrigação de ver grandes significados em tudo. Quase consigo ouvir como eu mesmo me repreendo: um barco é um barco e mais nada. Logo depois, um pato passa nadando; ele tem uma das patas estranhamente erguida. E, ainda que eu tenha acabado de me repreender por ver grandes significados em tudo, só me ocorre a seguinte frase: meu Deus do céu, agora também os patos estão aleijados. Poucos segundos mais tarde, o pato volta a recolher para a água a pata erguida, e segue nadando normalmente. Espero mais algum tempo até que a senhora Balkhausen tenha uma vantagem segura, depois desapareço também em direção à Ponte Sul. Se eu quisesse expressar a estranheza da vida nesses momentos, eu precisaria jogar meu casaco nas águas marrons do rio. Nesse caso, eu esperaria até estar sobre a Ponte Sul, e em seguida jogaria o casaco à água, fazendo-o descrever um grande arco. Ele boiaria na água, em torno dele a água chafurdaria e chapinharia, e justamente estas seriam as mais novas palavras para expressar a estranheza da ida: o chafurdar, o chapinhar. Pouco depois, estou de fato na Ponte Sul. Imediatamente sinto a tentação de jogar meu casaco à água. Não sei por que não o faço. Se eu pudesse contemplar o casaco de cima (ele em pouco tempo já estaria completamente ensopado e reconhecível como *meu* casaco apenas por mim mesmo), como ele seguiria a corrente do rio e enquanto isso giraria um pouco sobre si mesmo, talvez eu pudesse compreender a singularidade de ter acabado de ganhar duzentos marcos com a ajuda de um mal-entendido ridículo e uma conversa igualmente ridícula. Mas continuo usando meu casaco, supero a estranheza das duas últimas horas, e chego ao outro lado da ponte. Tudo que sinto enquanto isso é uma simpatia com minha morte que espero ainda estar distante. Céus, mais uma vez uma frase carregada de significado! Na verdade, experimento apenas minha participação no destino trivial de todo mundo: ao fim da minha vida se encontra a morte, e mais nada. Eu inclusive sei por que não joguei meu casaco na água: apesar de toda a estranheza, eu não enlouqueci até agora. O medo da loucura foi sempre apenas o medo da capitulação. Dobro para a movimentada Chamissostrasse. Benevolente, contemplo a atividade das pessoas. Mas então não consigo desviar os olhos de uma visão escabrosa. Vejo Himmelsbach, como ele anda ao longo da rua com um carrinho de supermercado lotado de impressos de propaganda; ele para diante de cada portão de prédio e enfia um folheto em cada uma das aberturas das caixas de correio. Quando em algum portão de prédio não há caixas de correio com aberturas, ele se curva e enfia alguns folhetos por baixo da porta. Uma ideia terrível me vem à mente: Himmelsbach fracassa em meu lugar. Desde o princípio, quando o vi naufragar em Paris, sua tarefa foi me apresentar a imagem espelhada de um fracassado, e me intimidar diante de mim mesmo. Sinto-me impotente, uma confusão gigantesca leva tudo de arrasto em meu interior e traz umidade aos meus olhos. Eu reduzo a velocidade dos meus passos e me escondo atrás de alguns carros estacionados. Não quero encontrar Himmelsbach, não quero falar com ele. Ele não me compreenderia nem se compreenderia, e eu não teria forças nem habilidade para lhe explicar meu abalo. De momento a momento, fica mais claro que minhas lágrimas só no princípio eram por Himmelsbach; agora elas caem apenas por mim mesmo. Também eu, se não pudesse mais fazer outra coisa, distribuiria folhetos de propaganda pela cidade. Sempre foi meu maior temor ter de mostrar publicamente um dia a minha imensa capacidade de me curvar. Por sorte, também voltam a acontecer coisas insossas. É mais uma vez Himmelsbach que me livra do meu abalo, que se deve em parte a mim a mesmo, em parte a ele. Pela segunda vez ele se curva diante do espelho lateral de um carro e penteia seus cabelos. Himmelsbach, eu praguejo bondosamente com ele, você ainda por cima quer causar boa impressão em sua miséria. Minha compaixão não quer tomar parte nessa burrice. Entro em uma loja de roupas que está seca como pó, e espero que o ar condicionado comece a secar também as minhas lágrimas.

11

No final de uma manhã de quarta-feira, eu volto a juntar as folhas que espalhei no antigo quarto de Lisa. Em breve, Susanne irá entrar e sair do meu apartamento, e não tenho a menor necessidade de falar com ela (ou com quem quer que seja) de confusões já vividas. Em uma ou outra folha, viveram minúsculos besourinhos negros que no decorrer dos dias caíram das folhas e acabaram morrendo entre as fibras artificiais do carpete. Quer dizer, ainda encontro vivos pelo menos dois dos animais que têm no máximo o tamanho de uma cabeça de alfinete. Um pequeno pânico toma conta de mim, e faz com que eu tire o aspirador de pó do armário e limpe primeiro o quarto de Lisa, depois o corredor, e por fim os outros ambientes da casa. Aliás, acho que desde o desaparecimento de Lisa é a primeira vez que eu limpo a casa de modo tão cuidadoso. Preciso de quase uma hora para terminar o serviço. Ao final, afundo, molhado de suor e vazio, em uma cadeira. Do centro do vazio sobe, depois de mais ou menos quinze minutos, a imagem de um divertimento de criança que é pelo menos tão velho quanto a recordação de andar sobre folhas caídas. Diante de mim ou dentro de mim, as fases de um movimento se juntam, e no centro dele se encontra um carro de carvão aberto e já envelhecido. Ele dobra na rua na qual eu morava com meus pais na época, e estaciona diante de um dos prédios de aluguel. É um caminhão de plataforma sacolejante, de carroceria simples, provavelmente um com o raio da Opel ou um Hanomag pré-guerra. Dois homens pretos do pó de carvão, o motorista e o carona, saltam da cabine e abrem a porta

da carroceria que dá para o lado do prédio. Os homens usam duas tou-
cas, parecendo capuzes, ainda bem mais pretas, sobre suas cabeças, e
começam a tirar pesados sacos de carvão cheios de briquete, carvão de
coque, e carvão em pedaços, de cima da carroceria, carregando-os em
seguida para o porão. Por algumas vezes os homens tentam empurrar o
carvão diretamente da rua por uma janela aberta do porão. A tentativa
de economizar trabalho dá certo apenas parcialmente. Muitos carvões
batem contra a parede do prédio e acabam na calçada. Uma nuvem gigantesca de carvão se levanta. Nesse instante, eu, como o garoto de catorze
anos que sou, dobro na esquina e contemplo o espetáculo por tempo
demais. Já depois de algum tempo chego à conclusão de que os carvões
derramados diante de mim são uma prova precoce da impossibilidade da
vida, ainda que eu ao mesmo tempo me alegre com a extensão da sujeira.
Observo os carvoeiros até eles terminarem o trabalho, e me alegro também com aquilo que virá agora. Uma dona de casa desajeitada bota o
pé na rua; ela tem uma vassoura nas mãos e tenta juntar o pó varrendo.
Isso não dá certo sem fazer o pó se levantar mais uma vez, ainda que eu
seja obrigado a admitir que a quantidade de pó como um todo diminua
ao ser varrida, mesmo que muito devagar. Por pelo menos dez minutos
a mulher a varrer se move como uma sombra e de modo incansável em
meio ao pó levantado por ela mesma, e torna mais forte a minha sensação
da impossibilidade da vida. Ao mesmo tempo, estou fascinado com a
penetração do pó nos cabelos e nas roupas da mulher. Sinto uma vontade
estranha que não consigo explicar a mim mesmo. Já depois da metade
do tempo, meu olhar transformador fez da vida momentânea no pó uma
vida completamente tomada pelo pó, da qual não compreendo como
possa ser aceita sem problemas pela grande maioria dos homens. Hoje
não sei mais se já em criança achava que a vida tomada pelo pó poderia
ou não ser aceita por mim sem mais nem menos. Quer dizer, apenas

depois de um longo e abrangente processo de autorização, que dura até hoje, mas provavelmente em breve será concluído, se é que meu instinto não me engana. Só agora, nesse exato instante, me ocorre que na época talvez pela primeira vez eu tenha sido vítima da minha necessidade de ver grandes significados em tudo. Imediatamente eu gostaria de ver um carro de carvão dobrar na esquina. Em um atordoamento melancólico, fico parado atrás da janela no quarto antigo de Lisa e olho para a rua abaixo. Nesses instantes, o telefone toca. Do outro lado, há uma mulher que diz se chamar senhora Tschackert.

Quem me deu seu número foi a senhora Balkhausen, que é colega minha.

Ah, tá.

A senhora Balkhausen me contou que passou uma bela tarde de experiências com um homem do seu instituto.

Ah sim, eu murmuro.

Eu gostaria de perguntar, diz a senhora Tschackert, se eu também poderia contratar uma dessas, hum, uma dessas tardes com alguém do seu instituto.

Como, hum, sim, muito bem, digo eu.

A senhora Balkhausen está entusiasmada, e com certeza vai ligar outra vez, diz a senhora Tschackert; imagine o senhor que a senhora Balkhausen se viu pela primeira vez na televisão à noite, e isso ela deve ao senhor, ela me disse.

Ah, maravilha, digo.

Não é mesmo!?, exclama a senhora Tschackert.

É provável que eu devesse encerrar o telefonema agora. Mas, apesar do embaraço que toma conta de mim, "concedo um encontro" à senhora Tschackert para a próxima semana, à tardinha, pouco depois do encerramento do trabalho no escritório, duas horas, "como de costume", por duzentos marcos. A senhora Tschackert se alegra, nós encerramos a conversa.

Logo depois, eu gostaria de continuar pensando se quando eu era criança, ao ver o carro de carvão, eu banquei o espertalhão pela primeira vez, mas não consigo mais encontrar o fio da meada para as antigas imagens. Pouco depois uma breve tempestade vibra pelos telhados. Uma frase da minha mãe me ocorre: Os raios azedam o leite. Se Lisa estivesse aqui, ela agora exclamaria: É uma verdadeira tempestade de verão! Nem sequer chega a refrescar! Logo depois volta a estar exatamente tão abafado quanto antes! Ocorre-me que não vejo nem falo com Lisa há semanas. É como se ela tivesse saído da minha vida para sempre. Logo a seguir me corrijo: não apenas me parece assim, ela *de fato saiu* da minha vida. Inclusive fico um tanto alegre por não tê-la encontrado nos últimos dias. Provavelmente eu não teria conseguido resistir à tentação de fazer alguns comunicados triunfantes. Imagina só que eu dirijo um instituto que nem sequer existe, e ganho dinheiro com ele inclusive, vivo de um jeito bem moderno! Imagine que eu falo com ares de importância de vez em quando, ainda que jamais tenha querido ser importante. E: estou junto com uma mulher de novo! E, a coisa mais inédita: se tudo correr bem, vou ganhar dinheiro regularmente trabalhando no Generalanzeiger! Eu teria podido perceber com facilidade como Lisa estaria estupefata, e teria tido vontade de enfiar logo mais algumas explicações pomposas. Minha inexistência está recuando visivelmente, você não acha? Não sinto mais vontade de espreitar a minha vida. Não espero mais que o mundo exterior se adapte enfim ao meu texto interior! Estou parando de ser o passageiro cego da minha própria vida!

Fico contente de não ter precisado pronunciar essas frases. Por fim, Lisa volta a deslizar para fora dos meus pensamentos. É estranho o silêncio que se segue à sobrevivência. De repente, fica tudo tão calmo como se jamais tivesse existido uma luta. Eu olho em torno no apartamento, não muito longe de mim há um jornal velho deitado no chão. Em lugar da manchete DESPEDIDAS NO CONSELHO DISTRITAL, leio sem querer DEPAUPERAMENTOS NO CONSELHO DISTRITAL. Ainda que eu jamais tenha visto um conselho distrital por dentro, fico deliciado por algum tempo com o fato de o conselho enfim admitir seu depauperamento. A tempestade passou, nos jardins diante das casas a relva brilha. Ainda é verão, em toda parte as janelas se encontram abertas. Em duas semanas faço aniversário. Eu o teria esquecido, ou melhor, passado por cima dele sem lembrá-lo, como vários outros dos meus aniversários, mas Susanne sabe do meu aniversário desde a nossa infância e quer festejá-lo. Penso na senhora Tschackert, da qual eu não sei nada. Não tenho a menor ideia do que farei com ela. Hoje à noite é o festival de verão, eu estarei presente como redator do Generalanzeiger e a convite de Messerschmidt escreverei um artigo *leve* (conforme as palavras de Messerschmidt). De forma casual pedi a Susanne que ela por favor me acompanhasse ao festival de verão. De um jeito ainda bem mais casual, eu disse que iria a convite do Generalanzeiger. Susanne não reagiu a isso, o que me fez deduzir que fui bem-sucedido com a casualidade. Penso se devo ou não confessar a Susanne hoje à noite que ganho dinheiro com um instituto charlatão inventado por brincadeira. É de se supor que Susanne terá de rir; e o instituto estará esquecido.

Pouco depois, pego os três sacos plásticos com as folhas e vou para a rua. Eu não gostaria que alguém me observasse enquanto jogo fora as folhas do saco plástico. Procuro um parque distante, e caminho entre duas moitas da altura de um homem. Exatamente entre as duas moitas esvazio os sacos. Agora vou ver o saldo da conta de Lisa, quer dizer, da minha conta. Desde a minha primeira tentativa fracassada de sacar dinheiro, não voltei a botar os pés naquela pequena filial do

banco. Antes compro um pão branco fresquinho em uma padaria da
Dominikanerstrasse. O pão ainda está quente, ele me lembra ao mesmo
tempo do corpo de Lisa e o de Susanne. Por um momento, fico confuso,
mas logo concordo com a simultaneidade. Boto o pão debaixo do braço, e
assim tenho o cheiro das duas mulheres tão perto de mim quanto possível. No banco, vejo novos rostos e novos detalhes. Uma funcionária bem
jovem, que jamais vi antes, me observa preenchendo o formulário de
saque. Empurro a cédula até ela, e além disso meu cartão. A funcionária
examina o formulário e meu cartão, nesse meio tempo confiro os extra-
tos que se acumularam nas últimas semanas. É como eu havia imaginado:
Lisa me entrega, por assim dizer como indenização pelo abandono (faço
questão de manter essa versão), o dinheiro juntado na conta, mais exatamente: os restos do salário de Lisa não utilizados nos dois últimos anos.
A funcionária do banco constatou que minha assinatura e meu cartão
são legítimos, e que tenho o direito de retirar dinheiro da conta de Lisa.
Guardo o dinheiro e reajo a isso com um leve estremecimento de vergonha, de que meu corpo é íntimo desde a mais rala infância. Na rua, fora
do banco, não consigo me impedir por mais tempo de quebrar uma ponta
do pão branco. Eu cavo um buraco no pão com o indicador, e enquanto
caminho enfio pequenos pedaços de massa de pão em minha boca.

    O céu cor de mel não muda sua cor até o anoitecer. Susanne usa
um vestido de chita cinza-claro e de corte simples, que deixa os ombros
e parte das costas à mostra. Em torno do pescoço, tremula um lenço
vermelho e preto. Nenhuma joia, nem brincos, nem sequer uma pulseira. Ela está discretamente maquiada e bem-humorada. Na praça do
Mercado haverá um show de laser como atração principal do festival de
verão. Susanne jamais acompanhou um show de laser. Eu também não,
mas não o digo a Susanne. Além disso, guardo para mim que jamais quis
ver um show de laser. Acho que minha atitude contraditória, sentida de

modo vivaz, me torna mais moderno do que a maior parte dos outros visi-tantes do festival de verão. O formidável jogo de luzes instalado no meio da praça do Mercado sobre a carroceria de um caminhão deixa Susanne e eu mudos por algum tempo. Dali serão mandados ao céu, em uma ou duas horas, os cones coloridos de luz. Em torno da praça do Mercado há quiosques de espumante, estandes de grelhados e casinhas de *pretzel*. Do lado esquerdo, foi instalado um cinema ao ar livre. Durante a NOITE INTEIRA serão exibidos ali DIVERTIDOS DESENHOS ANIMADOS. Do outro lado, há um PALCO AO VIVO, no qual mais tarde a banda WAVES irá tocar. Um organizador pega um microfone e chama a praça inteira de LOCAL DE FESTAS. Mais e mais pessoas chegam, vindas das ruas próximas, e se espalham pelo lugar. São provavelmente as pessoas que a senhora Balkhausen chamou de proletariado das vivências. Olho e não olho para essas pessoas. Eu as conheço e não as conheço. Elas me interessam e não me interessam. Já sei demais delas e continuo não sabendo o bastante. Susanne contempla garçons bronzeados. Eles parecem ter, todos eles, um iate no mar Mediterrâneo, que no momento alugaram. Eles cami-nham com cuidado a fim de não sujar seus aventais brancos que chegam quase até o chão. Jovens riem com o rosto, pessoas de mais idade com o corpo. Se o mundo ainda pudesse ser criticado, eu provavelmente agora seria obrigado a descobrir quem engana, se aproveita, ilude e explora a quem. Mas Messerschmidt quer apenas um artigo leve. Um outro orga-nizador chama a praça do Mercado de ZONA DA DIVERSÃO. Dois homens tatuados, de camiseta e calças rasgadas, esvaziam juntos uma garrafa de suco de laranja. Os homens usam anéis nas orelhas e no nariz, e têm as cabeças raspadas. Seus braços são tão grossos quanto a garrafa *pet* da qual eles bebem o suco de laranja. Andar por aí com um copo pela metade parece ser uma experiência radical. Está ao alcance da mão o fato de que a maior parte dos visitantes quer considerar essa vida artificial sua vida real. Uma mulher que passa por Susanne e por mim grita ao ouvido do seu acompanhante: Não gosto quando minha vida se transforma na investigação da minha vida. Outra mulher diz: Eu não tive nenhuma juventude, você não sabia disso? Um homem se declara um fantasista monogâmico e em seguida morde uma salsicha frita. Outro homem diz com suavidade a sua acompanhante: Você tem sorte de me conhecer. Susanne olha para mim e dá de ombros. Lentamente o crepúsculo desce. Os WAVES sobem ao palco e afinam seus instrumentos. No cinema ao ar livre está passando um filme de Tom e Jerry. Eu faço numerosas observações e escolho aquelas que não são *leves*. É de se supor que eu hoje à noite entre no grande esquadrão dos cabeleireiros universais. A reprimenda vem imediatamente: Santa paciência, mas você queria se livrar desses sentimentos bombásticos. Todo mundo quer pensar apenas o que considera alarmante e mais do que isso não importa. Todos trabalham na invenção do sentimento de pertencer ao mundo. Susanne traz duas taças de espumante. Nós nos apoiamos, para buscar proteção diante do ribombar da banda WAVES, contra a parede dos fundos de uma cabana de bifes. Susanne e eu conversamos sobre nossa admiração com o fato de diversões contemporâneas e pessoas contemporâneas combinarem tão bem.

Por que será que ainda não existia show de laser nos anos cinquenta, pergunta Susanne.

Porque um show de laser teria feito as pessoas se lembrarem demais da guerra e dos flaks, eu respondo.

O que são flaks?, pergunta Susanne.

Flak é a abreviação de Fliegerabwehrkanone, canhões antiaéreos, digo eu; durante a guerra se vasculhava o céu com grandes holofotes em busca de aviões inimigos.

Isso soa bem, diz Susanne, mas eu não acredito mesmo assim.

Você tem outra explicação?

Nos anos cinquenta um show de laser não era necessário porque o império universal do tédio ainda não havia progredido tanto quanto hoje, diz Susanne.

Nós rimos e bebemos. Sou obrigado a observar uma mulher em cuja blusa podem ser lidas as palavras HARMONY SYMPHONY MEMORY. As palavras se estendem com a largura de uma mão sobre os seios da mulher, costuradas em lantejoulas umas sobre as outras, constantemente brilhando e rumorejando de leve aos movimentos da mulher. O secretário da cultura sobe ao palco em que fica o jogo de luzes. Alegro-me, ele diz, em apresentar pela primeira vez à cidade um ESPETÁCULO DE LUZES como este. Aplausos. Ao todo foram instalados quinze holofotes, cada um deles alcança quarenta quilômetros de distância. Aplausos. Ao todo serão gastos hoje à noite cerca de meio milhão de quilowatts de energia. Aplausos. Exatamente cem lâmpadas especiais e uma dúzia de diferentes sistemas de luz foram instaladas. Aplausos. Eu faço anotações. Susanne segura minha taça de espumante e observa o que estou fazendo. A inquietude com minha vida quase fracassada se transforma em nervosismo com o caminho encontrado a tempo. Em meio a tudo isso, não consigo me vincular internamente à alegria e à esperança das pessoas. Tenho certeza de que essas pessoas alegres se tornarão, todas elas, inclementes à primeira oportunidade, caso a inclemência se mostre lucrativa de repente. Estou enroscado no meu trabalho asqueroso ou trabalho no asqueroso ou então no asqueroso dos enroscos reais, não consigo distinguir esses diferentes instantes com mais clareza no presente momento. Cambaleio diante do trabalho e no momento considero possível ligar amanhã para Messerschmidt e rejeitar sua oferta. Aqui por perto não existe uma encosta com muito cascalho onde eu possa jogar meu casaco? Mas o que vejo são apenas cabanas de diversão, choupanas de comida e quiosques, sou obrigado a continuar carregando comigo a sensação do cascalho. De repente descubro um garoto de cerca de doze anos que constrói uma caverna em uma sacada. Entre as grades de ferro do parapeito e dois ganchos de roupa, ele estendeu uma corda e sobre ela joga cobertores de lã. Os cobertores de lã são presos com pregadores de roupa, cuja posição ele examina de tempos em tempos. A cada pouco ele sai da sua construção, volta para dentro do apartamento e retorna em seguida à sacada com novos cobertores de lã, panos e travesseiros. De quando em quando, olha fugidiamente para o burburinho da praça do Mercado. A sacada fica no terceiro andar de um gigantesco prédio de aluguel. Eu chamo a atenção de Susanne para o garoto e sua caverna. Não tenho certeza se ela percebe que o garoto me salva das minhas intenções. Nada entendo de anjos, também não acredito neles, mesmo assim considero possível que o garoto paire entre o céu e a terra apenas por minha causa. Ele me permite fugir às confusões de trabalho e tempo, me torna possível escapar mesmo estando em meio a um acontecimento inescapável. Ele acaba de construir o telhado da sua caverna. Prende mais uma corda de estender roupas entre o parapeito da sacada e uma instalação de persianas à meia altura, junto à parede do apartamento. Distende a corda, em seguida joga o cobertor de lã que trouxe ainda há pouco e o prende nas duas pontas com pregadores. A entrada da caverna se abre em direção à porta da sacada. Por trás da porta da sacada supostamente se encontra a cozinha, que não está iluminada. Todas as janelas do apartamento estão sem luz. É provável que também os pais do garoto estejam se divertindo na praça do Mercado. A caverna está arranjada de modo que ao longo do corrimão dois cobertores de lã batam um contra o outro. O garoto de quando em vez enfia uma mão entre as bordas dos cobertores e os abre em forma de viseira. Os momentos em que a mão branca do garoto aparece entre os cobertores de lã e, por trás dela, o rosto imóvel que mal pode ser visto de onde estou, são completamente indescritíveis, e uma propriedade exclusiva dos anjos, caso existam anjos. O garoto desaparece por algum tempo na parte interna da casa. As pessoas no cinema ao ar livre vão aos poucos virando suas cabeças para outros espetáculos, de onde talvez possa vir uma excitação maior e mais forte. O secretário da cultura desce do palco onde estão instaladas as luzes. Logo em seguida os primeiros cones de luz flamejam em direção ao céu e rodam no firmamento. Os WAVES martelam seu ritmo pela praça. O garoto volta a aparecer na sacada. Ele traz um pacote de mantimentos e uma garrafa de água mineral para sua caverna. Ao que parece, ele está se instalando para uma longa estada. Susanne e eu ainda caminhamos um pouco pela praça, depois deixamos o festival de verão para trás. Susanne está cansada e levemente bêbada. Ela quer ir para a cama e dormir logo. Eu a levo para casa e em seguida volto ainda uma vez para a praça do Mercado. Quero continuar contemplando por algum tempo a caverna do garoto. Em dado momento, ele abre a viseira na largura de uma mão e lança um olhar panorâmico sobre as massas movimentadas e barulhentas. É um olhar desconfiado, a salvo, que poderia ser o meu próprio olhar. Depois de pouco mais de uma hora, também eu vou para casa, e me deito para dormir. Na tarde do dia seguinte, me ponho a caminho do Generalanzeiger e apresento um artigo leve a Messerschmidt. Atravesso a praça do Mercado porque quero ver o que foi feito da caverna. Ela ainda estava lá. Olho para o alto por algum tempo, o garoto não aparece, provavelmente ele está na escola. Depois de alguns minutos, uma mulher, provavelmente a mãe, chega à sacada. Ela pega um balde de plástico e o leva para dentro do apartamento, e enquanto isso se movimenta de modo a não danificar a caverna. Do festival de verão de ontem não há mais nada. O show de laser, o palco da banda WAVES, o cinema ao ar livre, os alto-falantes, os estandes, tudo desapareceu.

POSFÁCIO

Marcelo Backes[1]

Wilhelm Genazino, nascido em 1943 em Mannheim, na Alemanha, é um daqueles autores que há tempo já deveria ter chegado ao Brasil. Ganhador de vários prêmios, entre eles o mais importante da Alemanha, o prêmio Büchner, recebido pelo conjunto de sua obra, Genazino é o filósofo do marasmo contemporâneo, o passeador solitário dos dias merencórios da cidade moderna, o ensaísta cheio de histórias do século. *Um guarda-chuva para o dia de hoje* é talvez o seu romance mais conhecido, e isso em meio a uma obra regular ao extremo, que sempre dança no topo familiar de alguns sentimentos e percepções marcadamente atuais.

Em *Um guarda-chuva para o dia de hoje* somos apresentados logo de cara à técnica narrativa típica de Wilhelm Genazino, um fluxo de consciência mais singelo e mais melancólico do que o de James Joyce, um monólogo interior que tenta dar conta da magia trágica, absurda e mesquinha do dia a dia, e se abre aqui e ali para o diálogo. No âmbito dos

---

[1] Escritor e tradutor, autor do romance *O último minuto* (Companhia das Letras, 2013), entre outras obras. Doutor em Germanística e Romanística pela Universidade de Freiburg, na Alemanha.

afetos, Genazino é uma espécie de Tchekhov desprovido de qualquer lirismo, analisando, cem anos depois, o mesmo cotidiano do homem comum e sua apatia, seu desamparo diante da realidade. Os personagens de Genazino, de tão desiludidos, são incapazes inclusive de se perguntar se diante de tanta precariedade conseguirão resistir ao inverno como fazem algumas figuras de Tchekhov. Na narrativa de Genazino todos os tiros também são dados longe do palco, e não acertam ninguém, e o narrador de *Um guarda-chuva*... é um bisneto do tio Vânia, tanto que em determinada cena, quando o diretor de sua firma abre o casaco e mostra a camisa manchada de vermelho, dizendo que se esvai em sangue depois de ter sido baleado, achamos a situação esdrúxula, mas logo descobrimos que foi só um pincel atômico que vazou em seu bolso. Ainda assim gaivotas descrevem círculos sobre os telhados da cidade, e o inverno haverá de chegar, gelado como sempre. Um botão da camisa que se solta de repente manifesta a desintegração que principia sem avisar, e continua nos inúmeros deficientes físicos que cruzam o caminho do narrador, pessoas prejudicadas, vidas humanas limitadas anatomicamente, que parecem repetir o realismo monstruoso de Gregor Samsa na necessidade de expressar no corpo os aleijões da alma, "mendigos modernos" ecoando uma constância degenerada perceptível também em Dostoievski e nos inúmeros deformados que comparecem por exemplo nas páginas cheias de insetos humanos de *Os irmãos Karamázov*.

Genazino percebe freudianamente o mal-estar na civilização alcançando um novo estágio: "A inquietude com minha vida quase fracassada se transforma em nervosismo com o caminho ainda encontrado a tempo. Em meio a tudo isso, não consigo me vincular internamente à alegria e à esperança de todas as pessoas em volta. Tenho certeza que essas pessoas alegres se mostrarão, todas elas, inclementes à primeira oportunidade, caso a inclemência se mostre lucrativa de repente." Seu narrador, que bebe da taça da autocompaixão a cada novo amanhecer, segue um único ditado: eu só me ocupo de mim mesmo, mas que ninguém ouse tomar parte na discussão dos meus problemas; se eu chegar perto demais de mim, acabarei me perdendo de vista e a razão da minha vida deixará de existir. Esse narrador mesmo assim tenta entender o mundo, compreender a vida, resumir seu sentido de preferência numa única expressão, talvez numa única palavra – uma moita peculiar, o entulho aglomerado num terreno baldio –, falhando sempre, ao final das contas, como não poderia deixar de ser. A pergunta que resta é existencialisticamente cética: cadê minha autorização para estar no mundo, para encarar esta vida?

No caminho, um punhado de sabedorias às vezes chãs, às vezes fundas, quando por exemplo o narrador ousa verbalizar em público o que pensa: "A gente começa a amar quando não quer mais fugir do outro, ainda que se imagine que esse outro vá fazer exigências impossíveis." Ou quando diz: "Os amantes tediosos são os mais profundos e os mais duradouros." É a mesma sabedoria que explica o título do romance, em outro momento: "Somos procurados, eu respondo inseguro e ao mesmo tempo tarimbado, por pessoas que têm a sensação de que também sua vida não se tornou mais do que um dia de chuva estendido ao extremo, e que seu corpo nada mais é do que um guarda-chuva para o referido dia." E esse mesmo homem, o narrador da história, o narrador de sua história e da história de qualquer um, ainda é capaz de murmurar: "O infortúnio é entediante." E assim a vida surge como um longo dia de chuva que nos dá apenas um guarda-chuva estropiado pelo vento, o nosso corpo perfurado por todos os lados, que nos dá sempre a sensação de que chove apenas sobre as nossas cabeças.

Na imaginação aguda do narrador, o grande observador do cotidiano, todo detalhe é um símbolo. Em determinado momento, ele precisa abrir a porta de um armário para não ser ele mesmo o único fenômeno estranho no ambiente. Afogado em recortes de dias sem destino, ele apresenta breves quadros paralisados ou em movimento, colhidos ao acaso, e desprovidos de qualquer caráter épico: a vitrine de uma loja de animais, as folhas secas do outono, uma sacada vizinha, é isso que chama a atenção do passante. Capengando na mecânica dos afetos, o narrador também mostra como aqueles que revelam tudo que pensam parecem sempre ameaçadores. Sua cabeça é o caldeirão da bruxa onde vemos como um ser humano passa a perceber o mundo à sua volta, e como pode deformar essa percepção através de uma seletividade doentia e redentora ao mesmo tempo.

Esse narrador sem nome dá nome a tudo e a todos (aliás, só o uso dos nomes e sobrenomes na obra de Genazino mereceria um estudo especial por seu caráter absolutamente peculiar, ver mais no Glossário). Seu emprego é testar sapatos de luxo na metrópole alemã dos negócios, e ele o faz caminhando sempre na contramão da lei impiedosa do desempenho. No dia a dia cimentado de Frankfurt, ele questiona a normalidade polar da metrópole, faz a prosa do centro ancestral da cidade, que às vezes passeia e logo se perde no subúrbio ainda um tanto bucólico. Sua *nonchalance* é extrema. Ele é um cientista sem microscópio, mas tanto mais cuidadoso ao identificar os miasmas da vida, os bolores da alma. Preciso no detalhe, cruel no contorno e ainda mais agressivo quando se evade, ele deixa claro que nem a vida contemplativa é a solução. Esse narrador é um homem que flana para fugir de si mesmo, e descobre no passeio a escola mais sublime da melancolia. Ele baila à beira do abismo e acaba mergulhando no vácuo do fracasso, mostrando o sabor adocicado – e só por isso às vezes enjoativo – da depressão. Atleta incansável da caraminhola, equilibrista aborrecido do nada, escravo diligente da vagabundice, ele é o artista do cotidiano que levou a ausência de arte a sua obra máxima.

Questões importantes como a da segunda guerra mundial que aniquilou um punhado de infâncias jorram no subsolo de *Um guarda-chuva*... e espiam na superfície aqui e ali. Há inclusive uma grande e sutil autoironia aos agitadores de 1968, dos quais Wilhelm Genazino fez parte, e que um dia se julgaram capazes de mudar o mundo. A obra de Genazino não deixa de ser também uma coleção de homens que como o narrador do romance até tentaram, de mulheres como suas namoradas – que apesar do coito jamais chegam a ser namoradas de verdade – que arriscaram uma carreira artística e acabaram nos escaninhos mais burocráticos da vida.

Absurdamente cômico às vezes, pateticamente cruel em sua poética sempre, Genazino legisla a favor dos fracassados, faz a defesa dos doidos, dos derrotados. Pensador permanente, inflexível no ato de continuar pensando, ele boia placidamente em sua prosa minimalista e macambúzia, contando o destino de seres humanos que fogem a emoções, que mal dão conta das aventuras medíocres do cotidiano negativo e inoperante. A vida é encarada como "um processo destinado a adensar melindres". O inesperado não chega a chocar, porque só o que demora é que se torna verdadeiramente estranho. O desespero não pesa mais do que uma pluma, e só por isso sabe ser imenso.

Isso também é humor!

O melhor humor...

GLOSSÁRIO DE PECULIARIDADES
alguns nomes, sobrenomes, expressões, significados

Marcelo Backes

Bagaço da maçã e caroço da maçã – *Apfelkruzen* e *Apfelbutzen* no original.

Balkhausen – Sobrenome estranho, Genazino adora nomes e sobrenomes estranhos; lembra casa (*Haus*) e lembra viga (*Balken*); é nome de lugar na Alemanha e também sobrenome.

Bleuler – Ver Susanne.

Cascalho – *Geröll*, no original.

Chafurdar, chapinhar – *Geschluppte, Geschlappte*, no original.

Chevreau – Couro de cabra.

Coluna de propaganda – *Litfass-Säule*, no original; colunas de propaganda, que aqui praticamente abrem o livro, típicas na Europa já há décadas; o narrador que poderia se chamar Marcel já as observa em *Em busca do tempo perdido* na virada do século XIX para o século XX, em Paris.

Dagmar – Um nome comum e, digamos, tipicamente pequeno-burguês, de sabor levemente antigo e pundonoroso, na Alemanha.

Despedidas no conselho distrital / depauperamentos
no conselho distrital – *Verabschiedungen im Landsratamt* e
Verarmungen im Landsratamt no original; também no original
alemão, portanto, as leituras são completamente diferentes, assim
como as palavras, inclusive, apesar das iniciais parecidas.

Doris – O que vale para Dagmar vale para Doris.

Dornseif – Traduzindo o sobrenome teríamos algo mirabolante como
"sabão de espinhos"; existe como sobrenome na Alemanha.

Estou enroscado em meu trabalho asqueroso ou trabalho no
asqueroso ou então no asqueroso dos enroscos reais – *Ich bin
verwickelt in di widerliche Arbeit oder in die Arbeit an der Widerlichkeit
oder in die Widerlichkeit des Wirklichen,* no original.

Fischedick – Traduzindo, teríamos o hilário sobrenome "gorda como
um peixe"; existe como sobrenome na Alemanha.

Fronteiras do choro – *Weinerlichkeitsgrenze,* no original;
literalmente, teríamos algo como "fronteira da 'chorosidade'".

Full-brogues – Modelo de sapatos que se caracteriza por perfurações
decoradas em mosaico espalhadas pelo conjunto de sua superfície, da
biqueira às demais partes do couro.

Generalanzeiger – Nome comum para jornal na Alemanha;
traduzindo, algo como "denunciador geral". Em Frankfurt, cidade
em que se passam as venturas e desventuras do anti-herói sem nome
de Genazino, existiu um General-Anzeiger bem conhecido entre
1876 e 1943.

Glücksrevue – Traduzindo, teríamos algo como "revista da sorte" ou então "revista da fortuna"; por incrível que pareça, ela existe na Alemanha; a ironia é óbvia.

Gunhild, Gerhild, Mechthild, Brunhild – Nomes arcaicos, de índole ademais ameaçadoramente heroica, na Alemanha; não é por acaso que o narrador sente um pouco de medo deles; Brunilda (Brunhild) é, inclusive, a heroína de *A canção dos nibelungos*; o uso dos nomes e sobrenomes na obra de Genazino é absolutamente peculiar.

Gutleutstrasse – A ironia de Genazino em relação aos nomes chega às ruas; traduzindo, teríamos algo como "rua das pessoas boas".

Habedank – Traduzindo diretamente teríamos algo como "tenha meus agradecimentos"; até existe como sobrenome na Alemanha.

Hebestreit – Traduzindo teríamos algo como "levanto disputa"; existe como sobrenome na Alemanha.

Himmelsbach – Traduzindo diretamente teríamos algo como "regado do céu", um sobrenome para lá de estranho, ainda que exista na Alemanha.

KPD – Partido Comunista da Alemanha.

Loafer – Sapato tipo mocassim.

Marguerita mendoza – Nome artístico fajuto que indica calor, sensualidade e morenice para os alemães; grafado *Margerita* no original.

Melancolia Gertrud – *Gertrud Schwermut*, no original; um nome estranho, mas até plausível em alemão.

Moita – *Gestrüpp*, no original; talvez a tradução mais próxima fosse algo como "sebe", mas a palavra é demasiado pouco cotidiana em português.

Rolo de macarrão – *nudelholz*, no original.

Schmalkalde – Outro sobrenome que soa bem estranho, mas existe na Alemanha; dá uma noção de estreiteza, além da esquisitice.

Susanne – Outro nome de sabor um pouco antigo e pequeno-burguês na Alemanha; Bleuler, seu sobrenome, é até bastante comum, embora soe um pouco estranho; lembra *Bleuel*, que é um batedor de madeira, usado para bater roupa antigamente; *Bleuler* poderia ser a pessoa que maneja esse batedor de roupa arcaico. Interessante, também, que Bleuler seja o conhecido sobrenome de Eugen Bleuler, psiquiatra suíço voltado ao devir natural das doenças e – entre outras coisas – à análise do papel dos odores genitais, que o narrador aliás descreverá muito bem em sua relação com Susanne.

Toalha de passar roupa – *Bügeldecke*, no original; na Alemanha existem cobertores especiais, de material especial, tipicamente usados para colocar sobre a tábua de passar roupa.

Tschackert – Sobrenome que também soa um pouco esquisito, fazendo seu leve estardalhaço onomatopaico; existe na Alemanha.

Weisshuhn – Traduzindo, teríamos algo como "galo branco"; sobrenome que também existe, ainda que raro, na Alemanha.

Wenzels e Schothoffs e Seidels – Sobrenomes um pouco mais comuns e tipicamente pequeno-burgueses.

Título original: Ein regenschirm für diesen tag

Copyright © 2001 Carl Hanser Verlag München Wien

A tradução desta obra recebeu o subsídio do Goethe-Institut, órgão mantido pelo ministério das relações exteriores da Alemanha.

GOETHE
INSTITUT

Este livro foi revisado segundo o Acordo Ortográfico da Língua Portuguesa de 1990, que entrou em vigor no Brasil em 2009.

Diretora Editorial: Rosangela Dias

Editor: William Oliveira

Tradução: Marcelo Backes

Revisão da tradução: Bruno Domingues Machado

Capa e projeto gráfico: Clara Silva

CIP-BRASIL. CATALOGAÇÃO-NA-FONTE
SINDICATO NACIONAL DOS EDITORES DE LIVROS, RJ

G288u

Genazino, Wilhelm, 1943-
Um guarda-chuva para o dia de hoje / Wilhelm Genazino ; tradução Marcelo Backes. - 1. ed. - Rio de Janeiro: Apicuri, 2015.

208 p. ; 21 cm.

Tradução de: Ein regenschirm für diesen tag
posfácio e glossário
ISBN 978-85-8317-027-3

1. Romance alemão. I. Backes, Marcelo. II. Título.

14-18516   CDD: 833
                                       CDU: 821.112.2-3

09/12/2014   09/12/2014

1ª edição: Setembro de 2015
Capa: Cartão supremo 250g
Miolo: Pólen Bold 90g
Fontes: Chronicle Text e Geometric Slab
Impresso na gráfica Markpress